季风讲四大名著里的故事

季风◎著

廣東旅游出版社
GUANGDONG TRAVEL & TOURISM PRESS
悦读书·悦旅行·悦享人生
中国·广州

图书在版编目（CIP）数据

季风讲四大名著里的故事 / 季风著. — 广州：广东旅游出版社，2019. 3

ISBN 978-7-5570-1583-1

Ⅰ. ①季… Ⅱ. ①季… Ⅲ. ①章回小说－古典小说评论－中国－明清时代 Ⅳ. ① I207. 41

中国版本图书馆 CIP 数据核字（2018）第 280882 号

出 版 人：刘志松
责任编辑：梅哲坤

季风讲四大名著里的故事
JIFENG JIANG SIDAMINGZHU LI DE GUSHI

广东旅游出版社出版发行
地址：广州市越秀区环市东路 338 号银政大厦西楼 12 层
邮编：510060
电话：020-87348243
广东旅游出版社图书网
（网址：www. tourpress. cn）
印刷：天津文林印务有限公司
（地址：天津市宝坻区新开口镇产业功能区天通路南侧 21 号）
开本：787 毫米 ×1092 毫米 1/32
字数：165 千字
印张：8. 25
版次：2019 年 3 月第 1 版
印次：2019 年 3 月第 1 次印刷
定价：45. 00 元

目录

Contents

前言

Preface

“国学”一词，早在春秋战国时期就已经出现。《周礼·春官宗伯·乐师》记载：“乐师掌国学之政，以教国子小舞。”而《礼记·学记》则曰：“古之教者，家有塾，党有庠，术有序，国有学。”总体来说，国学就是中国固有的文化和学术。

从“道生一，一生二，二生三，三生万物”到“一阴一阳之谓道”；从“天道有常”“天尊地卑”到“万物负阴而抱阳，冲气以为和”；从“人法地，地法天，天法道，道法自然”到“格物致知”……国学深深影响着中国人的行为举止甚至世界观和价值观。在人类面临共同挑战增多、文明冲突加剧的今天，我们尤其需要回过头来重新审视国学，找回属于我们自己的文化瑰宝。

如今，很多人在欲望的驱使下不择手段地追求利益的最大化，却忽视了生命最根本的价值与最真实的幸福。《道德经》曰：“上德无为而无以为，下德无为而有以为。”在剧烈变化的社会中生存发展，处理好人与社会、人与人之间的关系，学习一下国学知识显得尤为必要。在强调个性解放以及创新发展的当下，我们格外注重家庭、国家的和谐，只有这样，地球村的理想才能快速实现。

另外，国学还具有公益性，它就像一股清泉滋润着人们的心田，让沉浸于功名利禄的人从梦中清醒过来。《易经·系辞》里讲的公益是："知周乎万物，而道济天下。"《论语》说的公益则是："己欲立而立人，己欲达而达人。"《老子》里面也谈公益："以其不自生，故能长生。"而《岳阳楼记》更推崇公益："先天下之忧而忧，后天下之乐而乐。"在市场经济如此繁荣的今天，在权钱欲望涌动的今天，高扬国学的旗帜，绝对具有巨大的现实意义。

那么，从哪里开始学习国学呢？有人说是《论语》，有人认为是《道德经》或《四书五经》……平心而论，这些读本的确对了解国学颇有价值，但不能达到由浅入深、由易入难的效果，很容易导致读者心生厌倦，甚至半途而废，从而对国学产生抵触情绪。其实，这不是国学本身的问题，而是他们选择的切入点出现了问题。而较易打开国学第一扇窗的就是我们耳熟能详的四大名著，这是我国乃至世界共同拥有的宝贵文化遗产。一位伟人曾经说过："生子当如仲谋，交友如鲁达，信心如唐僧，读书就读四大名著。"这深刻反映了他对于四大名著的强烈推崇。

四大名著中所蕴含的国学知识数不胜数。通过读《三国演义》，我们可以了解天下为公的思想理论，明白无论何时都不要以一己私利而抛弃天下公义；通过读《水浒传》，我们知道了让老百姓“宽心”，遏制腐败才能实现国家的长治久安；通过读《西游记》，我们可以不再被迷茫所困，因为脚踏实地的探索往往比一步取得“真经”更加受用；通过读《红楼梦》，我们不再相信命运，这部看似带着“宿命论”色彩的小说，其实是在告诫人们，命运其实就是一点一滴积累起来的行为，行善行德必会幸福圆满，而不劳而获、信神信鬼终将走向衰败。

“国学热”持续升温，各大书店的书架上摆满了有关四大名著的书籍。总体来说，这些书籍分为四大类，一是原著读本，二是名著衍生读本，三是名著启蒙读本，四是名著解读读本，其中，前三类虽有其价值所在，却使读者很难快速了解并吸收四大名著里面的国学知识。

名著原著读本在市场上占有率最高，各大出版社争相翻印。为了吸引眼球，出版商们“创造”了全解版、解读版、精注版、迷你版、精华版、配图版、注音版等多种版本，让人难以取舍。实际上，其中有些书大同小异，高价买来一读才发现，里面全是年少时读过数遍的内容。而启蒙读本和衍生读本更不用说，前者相当于文章注释，后者则是一种原著的精简版或人物传记，难以作为学习国学的参考蓝本。至此，重担就落在了名著解读读本上面。笔者正是基于此历史使命才创作了本书。

本书将四大名著中所隐藏的有价值的国学知识提取后进行分类与加工，力图在保持原著中心思想的基础上，更加深刻地对国学进行解析，并对原著中隐晦或没有明确指出的国学内容，进行大胆的提炼和明示，希望读者可以把这本书当作通向“国学名家”的桥梁，真正体悟中华民族伟大的国学文化。

第一章

名著国学：四大名著里蕴藏着什么秘密

四大名著虽然已经被人们广为熟知，但其中仍然存在诸多疑点。中华人民共和国成立前，这四部小说经过了多次排版印刷，却都只是单部销售，并没有成为一个整体。直到改革开放前夕，这四部书才被称为四大名著，其中每一部都是中国文化的瑰宝，有着独一无二的价值。正是因为人们的偏爱，四大名著才得到了无数的荣耀，但也因此披上了神秘的面纱。

《红楼梦》被称为四大名著之首，它的原名却颇为普通，后四十回的作者还成为一个谜。《水浒传》的成书竟然和《三国演义》的作者罗贯中有莫大的关系。而《西游记》中去西天取经的唐僧在怪力乱神的背景下肩负着光荣的历史使命。另外，《三国演义》饱受后人质疑，因为书中有着作者太多的主观倾向。四大名著的背后，有着太多太多需要破解的秘密。

“四大名著”的说法是在什么时候出现的

历史上，第一个将通俗小说归类排名的是金圣叹先生，不过，他并没有提到过什么四大名著，只是把当时的《庄子》《离骚》《史记》《杜工部集》《水浒传》《西厢记》等六部书命名为“六才子书”，也就是说，最早的名著排名中只有《水浒传》，并没有其他三本。直到清康熙年间，毛纶、毛宗岗父子假借金圣叹的名字，将《三国演义》加了进去，并使之成为“第一才子书”。

其实，早在明朝末年，就流传着“四大奇书”，那时候的“四大奇书”是《三国演义》《水浒传》《西游记》和《金瓶梅》，据说这种叫法是当时书商的营销手段。清朝文学家李渔称：“冯梦龙亦有四大奇书之目，曰三国也，水浒也，西游与金瓶梅也。”李渔可以在序言中明确地提出，这证明那时候“四大奇书”的叫法已经颇为流行。只不过，那时候《红楼梦》还没有问世。

1949 年之前，中国还没有“四大名著”之说，只有冯梦龙所说的“四大奇书”。虽然现在几乎每个人都知道四大名著指的是《三国演义》《水浒传》《西游记》《红楼梦》，这已经算是一个众所周知的文学常识了，但很多人不知道的是，这个常识从出现到流传至今，只经过了几十年的时间。

除了金圣叹和冯梦龙，很多学者喜欢将各类名著进行排名或编为一个系列。明朝时，王世贞将《史记》《庄子》《水浒传》和《西厢记》并称为“宇宙四大奇书”。到了近代，喜欢白话小说的胡适则说：“吾国第一流小说，古人唯《水浒》《西游》《儒林外史》《红楼梦》四部。”在这些排名中，没有一个将《三国演义》《水浒传》《西游记》《红楼梦》这四部书列为四大名著，要知道，那个时候《红楼梦》已经问世很多年了。

1949 年，这四本书的印量已经特别大，但“四大名著”的说法并没有流行开来。1951 年，担任人民文学出版社总编辑的冯雪峰提出了四项出版计划，这个出版计划包含所涉及的四部书就是《水浒（七十回本）》《三国演义》《红楼梦》和《西游记》。

据说，这四部书大量出版后，《人民日报》发表了社论，各个大学、中学、图书馆和报馆纷纷邀请冯雪峰作报告，解释一下当时政府对古代文学的态度。

这四本书在当时能够重新校对印刷，有着特殊的历史背景。在中国社会科学院文学研究所召开的古典文学组会议上，各重要负责人一致表示要把古典名著推广开来，因为历史文化必须弘扬。

据相关部门统计，1949 年 10 月—1966 年 4 月，《水浒传》

印了 267 万册，《三国演义》印了 646 万册，《西游记》印了 379 万册，《红楼梦》印了 284 万册，这四部小说当时在古典文学类书籍中印量靠前，由此我们可以看出，这四部古典小说的发行确实在当时社会产生了很大的影响，其中，1953 年出版的《三国演义》被列入“中国古典文学读本丛书”，不过，那个时候，仍然没有“四大名著”之说。

1966 年，这四部书被特许出版，“四大名著”之称渐渐有了雏形。

1972 年，时任美国总统尼克松访华，《红楼梦》《三国演义》《水浒传》和《西游记》开始大批量重印，到 1972 年底，这四部书总共发行 137 万册。到 1973 年，《红楼梦》又加印了 50 万册，依然是供不应求。

1975 年，北京、上海等地，出版了大量各版本的《水浒传》。由于那时候没有网络小说，也没有丰富的课外读物，所以“四大名著”几乎成为人们的必读书。1978 年—1984 年，据相关统计，对中国人影响最大的几部书，位列前三名的是《红楼梦》《西游记》《三国演义》，而《水浒传》则排在第五名。

20 世纪 80 年代，“四大名著”的说法已经广为流传。1981 年出版的《文学理论》提出，《三国演义》《水浒传》《西游记》和《红楼梦》是中国长篇小说中的四大名著，它们是一个完整的“大厦”。在《坚持马克思主义的典型论》这篇文章中，说到《水浒传》《西游记》《红楼梦》和《三国演义》之所以成为古典文学四大名著，和它们塑造了众多的典型艺术形象是分不开的。

真正以“四大名著”的名义出版这几部小说是在 20 世纪 90 年代以后，较早的名称是《漫画四大名著》和《中国古典四大名著(合订珍藏本)》。进入 21 世纪之后，“四大名著”的说法越来越普遍。

所以，“四大名著”的叫法并不是某个权威人士的规定，而是随着中华人民共和国成立后这几部书大范围出版后所形成的一个不成文的习惯。也就是说，这四部书之所以被称为“四大名著”，并不完全是因为它代表了多么大的文学成就，而是因为读者增多，约定俗成。

《红楼梦》为什么又叫《石头记》

《红楼梦》为什么又叫《石头记》？这个问题作者解释过，史学工作者也考证过，甚至部分鞭辟入里的文学流派也做出过解释。不过要想更加全面地解答这个问题，将以上途径“综合考量”或许可以得到不错的答案。

就作者设定而言，我们研读《红楼梦》开篇文字就可探知一二。文章开始，作者便浓墨重彩地记述了一块石头的前世今生：“女娲氏炼石补天之时，于大荒山无稽崖炼成高经十二丈、方经二十四丈顽石三万六千五百零一块。娲皇氏只用了三万六千五百块，只单单剩下一块未用，便弃在此山青埂峰下。”

天长日久，这块石头有了灵性，辗转反复之后，它又有了一段游戏人间的经历。其后，空空道人来到无稽崖，灵石把自己的经历合成《石头记》请道人抄送人间，这就是作者为《红楼梦》设定的最初蓝本——书中写：“曹雪芹于悼红轩中，披阅十载，增删五次，纂成目录，分出章回，则题曰《金陵十二钗》，并题一绝云：“满纸荒唐言，一把辛酸泪……”即此便是《石头记》的缘起。就是说从作者自述来讲，《红楼梦》原本就是“一块石头的自传”，因此原名《石头记》也无可厚非。

当然，从史学的角度来解释“石头记”这三个字也是有迹可循的。南京古称“石头城”，春秋战国时期楚威王熊商在这里修筑“金陵邑”，人们逐渐用更为悦耳的“金陵”来称呼南京。就这一层面而言，《石头记》或许就是用地名作书名的典范。

相似的例子我们在其他文学作品中也可以找到，如《巴黎圣母院》《瓦尔登湖》等都是用地名作书名；《西厢记》《水浒传》则是用地理概念作书名。实际上用地名、人名、事件名来命名书籍的现象在各国文学史上层出不穷：《柳毅传》《虬髯客传》《唐·吉诃德》《羊脂球》等都是如此。

从文学层面解释“石头记”这三个字，更是精妙。首先小说中主人公的名字就和“石”紧密关联。古人起名非常讲究，音、形、意三者合一方为绝佳。除此之外，“名”和“字”之间也会存在相对或者类同的现象。比如岳飞的“名”和“字”就喻指相似意象——高山耸立，坚定执着；大鹏飞升，志向高远。班固字“孟坚”，其中的“孟”表长幼，“固”和“坚”则相辅相成。类似现象在国学造诣深厚的金庸身上也有体现，他笔下的“杨过”（字改之）、“谢逊”（字退思）都是此中佼佼者。

可以说，古代显宦人家给孩子起名都经过了多方考虑，小说家们为了让角色更具张力和感染性也惜字如金。不过，曹雪芹笔下的“贾宝玉”和“林黛玉”似乎制造了某些不和谐的声音：遍览历代文学作品，我们几乎无法找出第二个主角姓名中字“撞车”的现象。但若以此为据深挖下去，更为深层次的因素就会浮出水面。

《说文解字》记：“玉，石之美者。”贾宝玉和林黛玉名字中的“玉”显然就是作者有意为之。隐约之中，作者似乎在营造一种上天注定的神话色彩……然而，在古人的世界观里，玉是一种易碎、通灵的物品，它可以买卖但不能送人，会挡住灾祸但也记录着仇恨，所以说两块不同的玉石相见之后互生龃龉也是理所当然。

《胭脂斋重评石头记》中说，贾宝玉是神瑛侍者转世，他在赤霞宫当值时浇灌了一株绛珠仙草，随后神瑛下凡时仙草也跟着坠入人间，以图报恩。红学研究者认为，贾宝玉出生时口中所含美玉就是无稽崖下的补天石，它在贾、林二人的爱情悲剧中扮演了见证者的角色。

然而，这块被女娲娘娘遗弃的灵石本来就带有强烈的悲剧色彩。它的身上早就沾染了不祥的气息，由它来见证贾、林二人的爱情只能说是孽缘早定。

除此之外，贾府上下对奇花异石的偏爱也存在着神秘的隐喻。小说中有多处关于贾府园林的描写：“下面白石台阶，凿成西番莲花样。”“雪白粉墙，下面虎皮石，随势砌去，果然不落富丽俗套。”“白石崚嶒，或如鬼怪，或如猛兽，纵横拱立。”奇花异石虽然美不胜收，但它们不能满足人们对生活的需求。若干年后，贾府败落，曾经欢歌一片的假山石林也随之一片萧条。可以说，贾府后花园的石山石海和贾宝玉的人生经历形成另一种对照，二者一荣俱荣，一辱俱辱。

当然，以大众的观点而言，“石头记”三字过于平淡——即便它有着深刻的寓意，发现者也找到了更富话题性、更具思想外延的“红楼梦”三个字来代替它。有人说《红楼梦》得名于悼红轩，也有人说这是通览全文之后的概括性命名，不过以上种种都与“石头记”三字无关了。我们需要知道的是，“石头记”并非即兴而起的简单名称，它背后实际上隐藏着诸多深刻原因。

《红楼梦》后四十回真的是高鹗的狗尾续貂之作吗

《红楼梦》一百二十回本中，后人认为后四十回并非曹雪芹原创，而是高鹗所编，最早提出质疑的是新文化运动的倡导者胡适先生。胡适的证据是张问陶的诗句和注解及高鹗自己作的序。

如果说这些证据不够充分，那么胡适的朋友俞平伯提出的三点质疑则相对有力：一是后四十回内容与开篇自叙的话没有关系，二是史湘云到了后四十回没有被提及，三是前八十回与后四十回的写作风格不一样。从这三点可以推断出，后四十回不是曹雪芹所著的概率非常大。

而且，俞平伯在通读全篇后发现，后四十回中精彩的片段都是以前八十回中的精彩故事作为蓝本，只是换汤不换药。他还认为，后四十回中的“贾宝玉中举人”“贾府恢复世袭职位的权力”和“林黛玉称赞八股文”等内容违反了原作者曹雪芹的本来意图，是高鹗功利思想的体现。

文学家周汝昌先生在《议高续书》和《重排后记》中对《红

楼梦》后四十回的评价非常低，他认为，高鹗后续的四十回其实就是乾隆皇帝与和珅一起策划的政治阴谋，其目的是扭曲这本书，抹去揭露社会弊端的内容，以维护皇权的正统地位。这一观点在《〈红楼梦〉"全璧"的背后》一书中得到了进一步的论述，大体内容是乾隆皇帝找到高鹗，让他对原稿进行修改，然后写出续集。据史书记载，《红楼梦》出版后，在当时社会引起了极大反响，还惊动了乾隆皇帝。乾隆在盛怒之下，委派和珅前去查探。凭借着过人的智慧，和珅很快就查到了《红楼梦》的来龙去脉，他揣度圣意，当即决定物色高手编造四十回的假书，以改变原书本来的要旨。最后，这个工作交给了高鹗与程伟元。

周汝昌先生认为，高鹗续完后四十回，全文的主旨就变了样，彻底颠覆了之前的设定，而且，后四十回表现了两个核心，一是贾宝玉和薛宝钗的夺婚事件，二是"沐天恩"与"延世泽"，前八十回所揭露的各种矛盾纠葛和人生百态，后四十回一点儿也没有提及。

周汝昌先生否定后四十回的另一个有力证据就是，在前八十回中埋下的伏笔，直到全书结尾也没有体现出来，很多重要人物身份地位的改变不合常理，与最初的人物描述有出入。

不过，虽然很多权威人士对《红楼梦》后四十回提出质疑，但都没有确切的证据，即便是周汝昌先生的诸多依据也都停留在主观臆断的层面。

近年来，很多红学家对于《红楼梦》又有了新认识，很多人对周汝昌先生的理论提出了不同意见，认为后四十回继承了前面“宝黛”爱情所埋下的悲剧伏笔，着重刻画了宝玉对于封建礼数的厌倦及其鄙视封建意识形态的思想特征。其中，贾府内部的财产和权力之争、江西粮道衙门里的腐败现象、广大百姓对世家大族的愤恨等内容都与“宝黛”的悲剧结局遥相呼应，用一对青年男女爱情的破灭揭露了封建社会的丑陋与腐朽。这些都表明，后四十回与前八十回有着非常紧密的联系，并不是周汝昌先生及一干红学家认为的狗尾续貂。

再者，一部长篇小说的内容往往涉及很多头绪，人物众多，各种事件也交织在一起，记忆力再好的作家也难免会在剧情的安排和布局上出现失误，《红楼梦》前八十回中的内容经过曹雪芹的数次修改仍然存在很多不能自圆其说之处，何况后四十回并没有修改的原稿。

即使《红楼梦》后四十回真的不是曹雪芹所创，也不能完全否认它的文学价值。平心而论，后四十回虽然不如前八十回精彩，但也具不可磨灭的价值，其中司棋、鸳鸯和王熙凤的死亡，以及袭人嫁人等，都是不可多得的精彩情节，这些悲剧的背后，足见作者的良苦用心。

因此，《红楼梦》的一百二十回章节应当被作为一个整体来看待，并通过叙事结构和脉络进行研究和探索，尽管它的前八十回与后四十回存在很多矛盾和不统一之处，但仍然具有合理性，至少，后四十回绝对不是所谓的狗尾续貂之作，而“腰斩”《红楼梦》的行为，也被很多人看成是不恰当的。

《水浒传》真的是施耐庵一人之功吗

问起《水浒传》的作者是谁，绝大多数人会脱口而出施耐庵。日常生活中，无论我们在哪个地方买《水浒传》，封面都署有施耐庵的名字。然而从严格意义上讲，这样的署名有待商榷。

很多人看到的《水浒传》是七十回本，梁山好汉聚义之后就结束了，这实际上是明末文人金圣叹削减之后的版本。作者署名虽然还是施耐庵，书的开头还有施耐庵的自序，看上去确实是施耐庵的作品，但是在对《水浒传》各个版本进行梳理之后，人们整理出三个主要版本：最早的一百回本，后来出现的一百二十回本和最后的七十回本。

一百回本的内容是大聚义之后招安，然后是征辽、征方腊。而一百二十回本则是在征辽、征方腊之间又穿插进打败田虎和王庆的故事。而金圣叹的七十回本，则是以一百二十回本为蓝本，删改了大部分梁山好汉聚义以后的内容。这本书开始的名字叫《第五才子书施耐庵水浒传》，后来直接简称为《水浒》。

实际上早在施耐庵动笔之前，民间就已经有了很多“草本”，其中最为出名的是《大宋宣和遗事》。史料记载，《大宋宣和遗事》由宋代无名氏初创、元代文人补缀成书，这其中就有宋江、杨志、武松、孙立等人的生平叙述。

对于杨志的遭遇，《大宋宣和遗事》这样写：“……杨志、李进义、林冲、王雄、花荣、张青、徐宁、李应、穆横、关胜、孙立十二人为指使，前往太湖等处，押人夫搬运花石。那十二人领了文字，结义为兄弟，誓有灾厄，各相救援。李进义等十名，运花石已到京城；只有杨志在颍州等候孙立不来，在彼处雪阻。”

在等孙立的过程中，杨志吃了人命官司。《水浒传》中将其细致描写为“杨志卖刀”，其中的“砍铜钱”“吹头发”“杀人不沾血”尤其精彩。而《大宋宣和遗事》对这一过程则简单描述为“两个交口厮争，那后生被杨志挥刀一斫，只见颈随刀落”。

同样，在《大宋宣和遗事》中，赫赫有名的“梁山英雄排座次”也初见雏形。不过这里只有三十六人，分别是宋江、吴加亮（吴用）、卢进义（卢俊义）、杨志、李海（李俊）、史进、公孙胜、张顺、秦明、阮小五、阮小七、阮进（阮小二）、关必胜（关胜）、林冲、李逵、柴进、徐宁、李应、刘唐、董平、雷横、朱同（朱仝）、戴宗、王雄（杨雄）、孙立、花荣、张青、穆横（穆弘）、燕青、鲁智深、武松、呼延绰（呼延灼）、索超、石秀、张岑（张横）、杜千（杜迁）和晁盖。除了部分人物姓名不同之外，若干角色的绰号稍有出入，人数也有出入，实为三十八人。比如张顺在《大宋宣和遗事》中叫“浪里白条”，呼延灼叫“铁鞭”，石秀叫“舍命二郎”等。

显然，《大宋宣和遗事》对《水浒传》的成书有着极大的影响。从某种程度上来讲它已经具备了古典小说的全部特质，施耐庵只要在此基础之上稍作加工即可。

除了流传已久的书籍，有关水浒英雄的民间典故也为施耐庵提供了大量素材。早在《水浒传》成书之前，“林教头风雪山神庙”的故事就已经广为流传，不过街头巷尾的说书人并没有形成统一的说法，施耐庵便以这些民间故事为蓝本，整理成了脍炙人口的好汉故事。

同样，西门庆和潘金莲的故事也并非施耐庵原创。史学考证发现，潘氏原为名门大户人家的千金，婚后恪守妇道，与丈夫武植情投意合、家门兴旺。此时，武植的一位好友黄氏（一说王氏）穷困来投，他误认对方不肯提携自己，于是便散播流言诋毁武植一家。所谓“好事不出门，坏事行千里”，流言蜚语越传越广，潘氏就成了谋杀亲夫的淫妇，武植就成了又丑又矮、死于非命的武大郎。

施耐庵自然不会放过这个“热点话题”。经过一番推敲打磨，西门庆的奸诈好色、王婆的贪财好利、潘金莲的浪荡狠毒、武大郎的窝囊无奈便跃然纸上。

现代学者还认为，田虎、王庆、征辽部分都是后人强加进去的。我们从叙事清晰度、可读性、文章风格等方面判断亦是如此：前七十回中主要角色个性鲜明、重点突出，并且出现了大量脍炙人口的名篇佳作；王庆、田虎部分的描写却乏善可陈。因此从这个角度来讲，如果我们认一百二十回版本的《水浒传》为“正宗”，那么施耐庵只能算是本书的“主要作者”。

综上可推测，《水浒传》的成书并非施耐庵一人之功。“宋江起义”等口口相传的经典故事，历代文人墨客、史书评话都在不断地雕琢、打磨它们。经过数百年的修改演绎，很多经典篇章已经形成了较好的框架体例，施耐庵只需将其搜集整理即可。从这一点来讲，单纯将《水浒传》的功劳归结到施耐庵一人名下是不妥的。

还有说《水浒传》的作者应该是施耐庵和罗贯中。现在初中和高中课本中所节选的《武松打虎》《林教头风雪山神庙》等片段，都来自七十回本，所以作者只提到施耐庵一人，这不能算是错误，但放到学术意义上来说并不准确，而且，磨灭了罗贯中的功绩也是对历史人物的一种不公平。另外，我们要知道，无论是施耐庵还是罗贯中，都不是《水浒传》的最终作者，因为罗贯中是元末的小说家，施耐庵比他出现得早，而我们现在已知的最早的一百回本是在明朝末年才开始发行的，所以，最后进行修改编撰的应该还有其他学者。这位不知名的学者使《水浒传》的思想和艺术又提高了一个层次，他是谁，我们无从得知，只能把这份功劳记在施耐庵和罗贯中身上了。

玄奘取经的目的是什么？过程和小说描述的一样吗

一部《西游记》让唐僧家喻户晓，后来人们根据小说改编成了电视剧，更是让西天取经的故事尽人皆知。在《西游记》中，唐僧出身传奇，被母亲用木盆放到江中，被金山寺的和尚收留，成人后取法号玄奘，为他之后西天取经埋下伏笔。

但事实上，《西游记》中玄奘的出生经历皆是虚构，只是为了顺利让玄奘与佛祖结缘，如此西天取经也就顺理成章了。那么，玄奘取经的目的是什么呢？小说中的内容是：玄奘开坛讲解佛法的时候，观音菩萨前去试探他是否通晓大乘佛法。玄奘只是通晓小乘佛法，并没有入得大乘佛法的门径，为此，他虚心请教菩萨，被告知要到西天大雷音寺才能取得大乘佛法普度众生。于是，玄奘向唐太宗请缨辞行，踏上西天取经之路。但是，历史上的玄奘真的是基于这个目的取经的吗？

在中国历史上，去天竺一带的人不下十人，在玄奘之前，已经有很多人作为先行者到达了天竺。例如，东晋时期的高僧法显就曾经到过天竺，并写了一本名叫《佛国记》的书，在当时影响深远。而玄奘有幸阅读了这本书，激发了他去天竺求取佛经的决心。另外，唐太宗时期中国佛教出现了派系分化，每一个派系对于佛法内容的诠释都不尽相同，玄奘意识到这种情况很容易使整个佛教出现分裂甚至一蹶不振。所以，学习更上乘的佛法，解决佛教派系的争端是玄奘西行的主要目的。

在小说中，唐太宗亲自送行，亲手将通关文牒交到玄奘手里，并亲切称呼他为“御弟”，这说明唐太宗对玄奘西行之事非常赞同。但实际上呢？史学家认为，玄奘当时出行的主要障碍就是朝廷不支持。所以，历史上的玄奘是在没有经过朝廷允许的情况下偷偷出关的，也就是今天所说的“偷渡”或者私越边境。

唐朝刚建立的时候，边境战乱频仍，唐太宗便颁下谕旨，不允许国人走出国境。为此，玄奘几次申请朝廷的通关文牒，都没有被允许，无奈之下，玄奘就趁着贞观三年（629 年）长安发生自然灾害，混入灾民群到达了凉州，又从凉州想办法偷偷出了国境，虽然其间数次被抓，也受过重罚，但他依然凭借过人的勇气和求取真经的一腔热血克服了种种困难。从这里可以看出，历史上的唐僧是一个刚毅果敢的卫道者，而不像小说中描述的是个看上去文文弱弱的胆小书生。

在《西游记》中，玄奘西行的阵容强大，所携带的行头华丽，他不仅收服了四个本领高强的徒弟，还带着唐太宗与观音菩萨送给他的宝物，如九环锡杖、华丽的袈裟和金钵。但是，这些都属于神话传说的范畴，历史上真实的玄奘是否带了如此多的佛门宝物，又是否收服了几个本领高强的徒弟呢？

据史料记载，玄奘在西行途中确实受到了很多人的帮助，但都只是路过某个地方寻找的临时帮手，算不上徒弟。唯一的徒弟叫石磐陀，是玄奘在西行到瓜州时遇到的。石磐陀受到唐僧的感化而决定跟随他，在石磐陀的帮助下，玄奘成功渡过葫芦河，走过玉门关、白虎关、红柳园和星星峡等地，进入了新疆，据说吴承恩笔下孙悟空的原型就是石磐陀。可惜的是，石磐陀并没有跟随玄奘走到最后，而是中途反悔，因为当他得知西天路途遥远，路上的艰险又数不胜数时，便跪求玄奘让他回去。玄奘就给了他一些盘缠，让他离开了，从此，玄奘又是孤身一人上路。

至于玄奘在取经路上带的行头，肯定没有小说中说得那么夸张，不过，化缘的钵肯定有，但并不是金钵，而是木制或者陶瓷所制。在小说和电视剧中，玄奘的袈裟无一例外都是红色或者黄白相间，但实际上，唐朝的袈裟基本以黑色和灰色为主，红色的袈裟是后来才出现的，所以，玄奘西行所穿的袈裟无外乎黑、灰这两种颜色。而取经过程的艰难险阻是有的，但也就是穿越崇山峻岭，攀登峭壁，或者遇上哪个国家战乱或者劫匪之类的，绝对不像小说所描述的那样遇到了妖魔鬼怪。

《西游记》中取经的最终目的地是天竺的大雷音寺，佛祖就在那里等着玄奘。而实际上大雷音寺并不存在，而且玄奘不会去见释迦牟尼。因为释迦牟尼出生于公元前 6 世纪，并且只活了 80 岁，而玄奘西行发生在唐初，也就是 6 世纪，前后相差了 1200 年，玄奘去见释迦牟尼明显不符合事实。

6 世纪，代表着佛法最高权威的佛教圣地是天竺的那烂陀寺，同时，它也是天竺的最高学府，玄奘其实就是去那里求大乘佛法。据说，当玄奘到达那烂陀寺的时候，受到了寺中僧人的热情款待，寺中长老甚至安排了两百多名僧众接待。在天竺的时候，玄奘除了学习大乘佛法以外，还学习了流传于天竺的各种佛学经典。在戒日王举办的一次全国性的辩论大会上，玄奘名声大噪，自此，玄奘在印度声名远播，无人能及。641 年，玄奘辞别戒日王准备回国。

《西游记》中，护送玄奘回东土大唐的是神仙，而事实上，玄奘的确是被护送回去的，只不过护送他的是各国派出的使者。大约在 645 年，玄奘回到了长安。

“尊刘贬曹”的历史意义在哪里

很多研究《三国演义》的人会发现，书中提到的魏、蜀、吴三个国家，罗贯中明显偏向刘备所建立的蜀国，与蜀汉相对的势力大都遭到了贬低。较为明显的是曹操的势力扩张属于武力强占，而刘备则带有鲜明的“和平演变”的味道。

小说第十一回写道：“陶谦见玄德仪表轩昂，语言豁达，心中大喜，便命糜竺取徐州牌印，让与玄德。玄德愕然……再三相让，玄德那里肯受。”可以看到，小说将刘备塑造成了一个单靠气场就能令人折服的大英雄，而他为人处世的原则也令人钦佩。后来陶谦亡故，刘备在州府百姓、地方官僚以及关羽、张飞的力劝之下才接掌徐州军政。

类似的现象还有刘备夺取西川，当时刘璋手下文武官员先对刘备设局，后者被逼无奈才予以反击。双方争斗的结局依然是歌舞升平——刘璋为了保全成都百姓选择投降，刘备则以礼相待。

小说中写：“（刘璋）亲赍印绶文籍，与简雍同车出城投降。玄德出寨迎接，握手流涕曰：‘非吾不行仁义，奈势不得已也！’共入寨，交割印绶文籍，并马入城。”“握手流涕”“奈势不得已”“共入”“并马”……短短数言将刘备衬托得高大无比，甚至到了迁徙刘璋一家之时，作者也表示这并非刘备本意。

“尊刘贬曹”的思想展开后，刘备集团和非刘备集团的对立角色也被赋予了不同特质。正史中周瑜是在征战途中染病身故的，但依照“尊刘”思想，罗贯中将他写成了嫉妒心极强并因此送命的东吴大将。

《三国志》的出现比《三国演义》早了一千多年，前者是史书，但“尊刘贬曹”的思想在这一千年间逐步形成，其中最关键的转折点就是宋朝，尤其到了南宋，这种思想开始生根发芽。为什么这样说呢？

和西方很多国家一直处于分裂状态不同，秦始皇统一六国之后，中国彻底结束了分裂局面，实现了两千多年的大一统。宋朝的封建制度已经达到了较为完善的地步。但是，宋朝出现的一整套政治体系和制度也并非一蹴而就，而是经过多个朝代的实践演变，魏蜀吴三个国家的不同政治形态，就是对封建制度的不同实践，到了宋朝，人们认为当年蜀汉的制度实践相对较稳固，也很容易被后人接受。虽然蜀汉在三国之争中是失败者，但中国古人并没有“实用主义”的哲学思想，所以他们依然选择了蜀汉的政治制度。

那么，人们为什么认为蜀汉的政治制度优越呢？这需要将魏蜀吴三国的政治制度做一个深入的对比。首先，魏国体现的是强权政治。从曹操起家的“唯才是举”政策就可以看出，曹操崇尚的是实力与权势，他认为武力决定一切。但是，他过分夸大了权势与实力的作用，为达目的无所不用其极，这很容易造成集团内部的矛盾和仇杀，每个有权势的人都可以划分自己的势力范围，成为一股割据势力。而且，唐朝末年藩镇割据的情况就是一个例子。宋朝的统治者吸取了教训，从封建制度的理念上就把魏国的体系排除在外。蜀、吴两国，则没有像魏国那样崇尚权势和实力。

吴国的政权与魏国完全不同。曹魏的当权者可以是贵族，也可以是有能力的平民，而吴国则更接近于贵族政治。例如，周瑜和陆逊等人都是出于江东的名门望族。他们的家族并不仅仅靠武力获得权力，更多的是依靠出身和家族的荣耀。

蜀汉政治也很特别，它不同于曹魏和孙吴，刘备、关羽和张飞都可以被看成是平民，刘备的皇室血统也已经年代久远，只能被作为征战的噱头，却不能被当作一种“硬实力”，关羽和张飞更不必说，父辈祖辈连官都没当过。蜀汉因为是平民建立的，所以它没有像曹魏和孙吴那样拉帮结派，这也是中国传统文化对知识分子的一个要求，孔子就曾经说过“君子不党”，目的是要保证公正性。

蜀汉是知识分子掌权，这使平民出身的知识分子的地位不弱于任何名门望族，这种理念在宋朝形成并完善，当然，这种制度仍然没有解决根本问题，蜀汉的平民知识分子掌权的理念并没有延续下来。曹魏的权势不能延续，因为导致了内部割据纷争。孙吴的贵族政治也不能延续，因为权力垄断会使腐败蔓延的速度加快。建立在平民基础上的知识分子开放政治，诸葛亮虽然不遗余力地加强制度的延续，但收效甚微，因为蜀汉政权的核心人物都是外来人员，他们始终没有找到与蜀国当地平民知识分子和谐相处的有效办法。直到 300 年后，隋朝建立了科举制度才改变了这一不利的现状。又过了 400 年，宋朝建立，科举制度更加完备，知识分子终于有了大展宏图的机会，这就是从宋朝开始“尊刘贬曹”的真正原因。

所以，在历史因素的作用下，民间对刘备集团的惋惜和拥戴显而易见，罗贯中在挥毫之际也深受世俗影响。王纲正统的观点对维护社会稳定、禁锢百姓思想有着深远意义，这也是支撑“尊刘贬曹”思想的重要动力。

第二章

历史真相：名著里的故事哪些是真哪些是假

四大名著虽然每部都文笔隽永，内涵深刻，具有相当高的文学艺术成就，但是，他们毕竟属于小说的范畴，不但不能当史书看，更不能当事实来考证。最能说明这个问题的就是《水浒传》和《三国演义》，尤其是前者，与历史相背离的程度最大，不仅一百单八将的人数无从考证，连起义的根据地都被修改了，把历史上弱小的流寇宋江写成了轰动全国、大破朝廷精锐部队的“天罡地煞”，这具有相当大的颠覆性——虽然作者这样描写背后另有原因。而《三国演义》与历史的出入，则更容易考证，因为有《三国志》作为标尺。

古人常常喜欢把许多英雄事迹集中在一个英雄身上，所以会产生与历史不符的桥段，让人瞠目结舌甚至愤慨。不管如何，我们都要辩证地看待这些名著背后的历史真相。

宋江是否确有其人？他的根据地是否在水泊梁山

《水浒传》记载，梁山有108位好汉，而宋江处在最核心的地位，他把余下的107人聚集在一起，制造了一起惊天动地的起义事件。《水浒传》对宋江的描述是这样的："那押司姓宋，名江，表字公明，排行第三，祖居郓城县宋家村人氏。为他面黑身矮，人都唤他做黑宋江，又且于家大孝，为人仗义疏财，人皆称他做孝义黑三郎……这宋江自在郓城县做押司。他刀笔精通，吏道纯熟，更兼爱习枪棒，学得武艺多般。平生只好结识江湖上好汉，但有人来投奔他的，若高若低，无有不纳……"

这段文字将宋江的家庭背景以及性格特点一一呈现。那么历史上是否真有宋江其人？真实的宋江又是什么样子的呢？

其实，宋江的事迹早在宋朝末年就已经在民间广为流传。宋末元初文学家罗烨所著的《醉翁谈录》以及元末一位姓名无从考证的文学家所著的《大宋宣和遗事》中都有关于宋江的记载，内容无非是歌颂他起义的传奇事迹，可信度并不是太高。

南宋末年画家龚开却保留了一个重要的证据，他曾经为宋江等人画过像，并写了《宋江三十六人赞并序》，序中写道："江以三十六人横行齐魏，官军数万，无敢抗者。"

从龚开所作的序中，我们得知宋江起义事件在史书中是有明确记载的，在《宋史》中就有两次提到宋江。《宋史》记载："宣和三年二月……淮南盗宋江等犯淮阳军，遣将讨捕；又犯京东、河北，入楚、海州界，命知州张叔夜招降之。"还有《宋史·张叔夜传》也说："宋江起河朔，转略十郡，官军莫敢婴其锋。"不仅仅是《宋史》，《皇宋十朝纲要》《三朝北盟会编》《九朝编年备要》以及《续资治通鉴》中也都有记载。另外，王师心、折可存等人墓碑上的悼词也提到宋江等人与官兵的战斗。而宋徽宗遗留下来的诏书中，学者们也看到了关于宋江的记载。所以，宋江在历史上确有其人，而且他所带领的起义军的确引起过朝廷的重视。

在《水浒传》中，宋江以八百里水泊作为护城河，在这个进可攻、退可守的有利据点安营扎寨，三次打败高俅，两次战胜童贯，究其原因很大程度上得益于其有利的地理位置。但是，历史上的宋江是否真的在梁山落草为寇呢？

苏轼的弟弟苏辙曾经在诗中描述过水泊梁山："近通沂泗麻盐熟，远控江淮粳稻秋。"这说明了梁山泊在北宋时期是重要的交通枢纽，这个地方理所当然地成为当时官匪争夺的据点，因此，当时的百姓称梁山泊一带为"盗薮"，暗示那里强盗众多。《宋史·蒲宗孟传》也提到梁山一带强盗众多，官府为了整顿秩序，对于小偷小摸的行为施以重罚，但烧杀抢掠事件仍然层出不穷。按照常理思维，作为强盗出身的宋江理所应当会将水泊梁山作为根据地，并在那里举起替天行道的大旗，因此，很多历史学家是带着主观的态度来研究这件事的，他们在元代作家陈泰所著的《所安遗集·补遗》中也发现了宋江以水泊梁山为据点的证据："问之篙师，曰：此安山也，昔宋江起事处，绝湖为池，阔九十里，皆蘧荷菱芡，相传以为宋江妻所植。宋之为人，勇悍狂侠，其党如宋者，三十六人，至今山下有分赃台，置石座三十六所，俗所谓'来时三十六，归时十八双'，意者其自誓之辞也。"

这段文字描述得绘声绘色，仿佛宋江真的啸聚梁山，而且在清朝的《寿张县志》中还有一张梁山的地形图，里面详细说明了宋江在梁山内部的布防情况。但事实上呢？这些根本经不起考究，因为陈泰在《所安遗集·补遗》中说得很明白，宋江等人在梁山的信息来源是问了一个"篙师"，也就是船夫，这个船夫根本无从考证。而《寿张县志》的年代离宋朝过于久远，更重要的是，《水浒传》在当时已经问世很多年了，那张地图极有可能是受了《水浒传》的影响。

其实，宋江等人根本没有在梁山安营扎寨，《宋史·张叔夜传》写道："宋江起河朔，转略十郡。"而梁园的宋人墓志铭则记载："宋江啸聚亡命，剽掠山东，一路州县大震。"从这些史料中可以看出，宋江等人一般是游走于山东各地流窜作案，就像是打游击战一样，攻下一个县城之后，劫掠一空，然后再换一个地方。而且当时朝廷的势力颇大，宋江不可能大张旗鼓地在水泊梁山高举替天行道的大旗。

可见，宋江在历史上的确存在过，也确实是农民起义军的头领，只不过，宋江把梁山泊作为根据地的事情则是子虚乌有。

梁山“一百单八将”的传闻是不是真的

《水浒传》中提到的包括宋江在内的优秀将领有 108 位，这 108 位将领不是一骑当千就是有特殊才能，算是梁山泊的核心战斗力；而宋江手下的各个小头目和喽啰加起来有十万多人，可谓声势浩大，小说中的梁山好汉们完全有和宋徽宗争夺天下的能力。但是，在各种文献上，我们并没有找到梁山泊有一百单八将的史实资料，只提到过以宋江为首的农民起义将领有三十六人，也就是说，从将领的数量上，史书中的人数就比《水浒传》中少了三分之二。所以，小说中所说的“三十六天罡，七十二地煞”并没有任何史料根据，梁山好汉的战斗力和史实也有巨大的差别。

学者们分析，施耐庵的《水浒传》之所以会提到一百单八将有两个原因：一是为了使内容更具传奇色彩，而且便于在民间流传，符合百姓的喜好；二是一百单八将是宋江为了赢得人心所故意传出的噱头，这样就为聚义提供了必要的理论基础，因为古人是非常迷信的，也相信所谓的天命说，而天罡地煞传说自古就广为流传。

《水浒传》第一回中，当洪太尉误揭了寺里的封条，住持惊慌中对洪太尉说了一番话，原文是：

太尉不知，此殿中当初是祖老天师洞玄真人传下法符，嘱付道："此殿内镇锁着三十六员天罡星，七十二座地煞星，共是一百单八个魔君在里面。上立石碑，凿着龙章凤篆天符，镇住在此。若还放他出世，必恼下方生灵。"如今太尉放他走了，怎生是好？

据专家考证，书中洪太尉放走三十六天罡和七十二地煞的故事在宋朝已经流传于民间，而当时不甘沉沦的宋江很有可能会在这个传说上大做文章。

显然，宋江的这套"成功学"理论收到了奇效，为了宋江，花荣可以不惜放弃自己的前途大闹清风寨，李逵可以不顾自己的性命舍身劫法场……而对于宋江的敌对势力——朝廷来说，他的"成功学"仍然无往不利。在《水浒传》中，当朝廷将领秦明被宋江截断后路时，书中这样写道："秦明见说了，怒气于心，欲待要和宋江等厮并，却又自肚里寻思。一则是上界星辰契合。二乃被他们软困，以礼待之。三则又怕斗他们不过……"

从这段话可以看出，虽然秦明当时的军队完全有和宋江一战之力，但他未战先怯，主要原因就是秦明早就听说宋江散布的消息，即宋江是星宿转世，招惹会遭天谴。正是在这种想法的影响下，秦明后来背叛朝廷，投靠了宋江，并且帮助宋江收复了黄信。从此以后，宋江的名声一夜传遍大江南北，不光是绿林好汉，连各地州县的官员都听说了宋江是三十六天罡之首的传言，极大地增强了起义军的士气，为后来收归呼延灼、关胜和卢俊义等朝廷高级将领奠定了基础。

一百单八将之说无论是作者的虚构，还是宋江拿来当作啸聚山林的噱头，都证明了《水浒传》中的一百单八将并非真有其人，即便有，也是众多鱼龙混杂之辈拼凑起来的，远远没有小说中所说的那样传奇。

“梁山好汉”真的能和朝廷分庭抗礼吗

在《水浒传》中，以宋江为首的“梁山贼寇”一直是朝廷的心腹大患，朝廷出动大批军队也难以拿下。但是，历史上的“梁山贼寇”真的能与朝廷分庭抗礼吗？

事实并非如此。一直以来，人们在正史中看到的有关宋江起义军实力的记载“江以三十六人横行齐、魏，官军数万无敢抗者……”其实经不起推敲，首先，宋江以三十六人为首的农民军对抗数万官军有点牵强。其次，“横行齐魏”不合逻辑，齐国指今山东北部，而魏国则指山西南部，如果宋江真有小说中的十数万人，带着这么多军队，根本不可能从山东打到山西，更不可能横行。

所以，宋江等人属于“有枣没枣打一竿子”的跨省流窜作案，其规模估计也就数千，不会超过一万，而他们的战斗力也没有小说中描述的那样神乎其神，这一点在《宋史·张叔夜传》中得到了证实。原文中有一段话是这样的：

宋江起河朔，转略十郡，官军莫敢婴其锋。声言将至，叔夜使间者觇所向，贼径趋海濒，劫钜舟十余，载卤获。于是募死士得千人，设伏近城，而出轻兵距海，诱之战。先匿壮卒海旁，伺兵合，举火焚其舟。贼闻之，皆无斗志，伏兵乘之，擒其副贼，江乃降。

这段文字描述得清清楚楚，张叔夜仅仅靠着数千官兵就将“梁山好汉”打得溃不成军，甚至迫使宋江投降朝廷。而张叔夜是何许人呢？史书上记载他曾经担任过右司员外郎、龙图阁直学士和礼部侍郎。张叔夜一生做过的最高官职是正三品礼部侍郎，而大败宋江的时候他很可能还没有到达这个巅峰。所以，宋江等人在当时只是一群乌合之众，充其量只是小规模的农民“杂牌军”，根本无法与朝廷正规军相抗。

而《水浒传》中所说的梁山好汉连挫朝廷数十万大军，生擒太尉高俅、击败宰相童贯所带领的朝廷精锐军的故事也是虚构的。另外，宋江的农民起义军和方腊也不是一个级别，因为朝廷当时花了整整一年的时间才平定方腊，这是被区区数千人打得狼狈不堪的宋江所不能比的。

据正史记载，宋江带领的农民起义军从刚成立的时候打过几次胜仗引起朝廷的重视之后，就几乎没有胜仗的记录。从北宋宣和二年（1120 年）到宣和三年（1121 年），边关将领折可存曾经把宋江打得一蹶不振，沭阳县尉王师心将宋江军队赶出了县城，而梁圆等宋朝将领也曾击败过宋江，这些都证明以宋江为首的农民起义军战斗力低下，而小说中宋江麾下勇冠三军的良将以及神机妙算的军师在历史上并不存在。当然，《宋史·张叔夜传》中所说的“官军莫敢婴其锋”，以及侯蒙呈给宋徽宗的奏章中所说的“官兵数万无敢抗者”，也许确有其事，据史学家分析，有以下三方面原因。

首先，宋江等人编织了完整的世界观与价值观体系。由于宋江利用“三十六天罡，七十二地煞”之说包装自己，使其所带领的起义军有了一种鬼神莫测的感觉，这使官兵在气势上输了三分。而且，宋徽宗时期官僚机构已经非常腐败，官员以及军队早就失去了民心，人们急于寻找一种活下去的寄托，当听说宋江是星宿下凡来拯救苍生的救世主之后，便不假思索地盲从，或者对于起义军的进攻消极抵抗甚至倒戈相向。

其次，宋江等人凶狠残暴，令军民畏惧。宋朝诗人李若水的诗歌《捕盗偶成》是历史上最早的关于宋江的记载。

去年宋江起山东，白昼横戈犯城郭。杀人纷纷翦草如，九重闻之惨不乐。大书黄纸飞敕来，三十六人同拜爵。狞卒肥骖意气骄，士女骈观犹骇愕。今年杨江起河北，战阵规绳视前作。嗷嗷赤子阴有言，又愿官家早招却。我闻官职要与贤，辄啖此曹无乃错。招降况亦非上策，正诱潜凶嗣为虐。不如下诏省科徭，彼自归来守条约。小臣无路扪高天，安得狂词裨庙略。

从这首诗中我们可以看到，农民起义军起事之后，烧杀抢掠，杀人如麻，每攻破一个城池，都会进行残酷屠杀，当他们招安的时候，站在城墙上的女子们见到以宋江为首的三十六人都感到恐怖异常，所以，即便是正规军队，面对如此残酷的“恐怖分子”时也会在气势上输掉三分。

第三，宋军的战斗力也不强。宋朝的开国皇帝赵匡胤吸取陈桥兵变的教训，采用守内虚外的策略，大大削弱了中央以外的军队战斗力。而且，宋朝采用兵将分离制度，造成了“兵不识将，将不识兵”的现象，这使兵将不能一心，很容易使宋军在遇到艰难战役时出现一哄而散的局面。

另外，在宣和三年以前，宋朝实际上根本没有重视宋江，也并没有派出过正式的军队进行讨伐，因为当时朝廷的心腹大患是方腊，而宋江对于朝廷来说只能算是地方小贼，不足为患。

至于侯蒙在奏章中提到的“官兵数万无敢抗者”也很好理解，因为中国古代官员为了凸显所奏事情的紧迫性，经常会用一种夸张的说法。而侯蒙也极可能运用这种方法，目的就是快速引起朝廷的重视，以便能尽早发兵，维护当地治安，而他本人就能凭此功加官进爵。

纵观宋朝三百多年的历史，农民起义的数量就达百次之多，而宋江起义只是这数百次起义中规模较小的一次，而且影响不深远，《水浒传》则是把这些农民起义的故事经过细致的加工，使之更加生动感人，这样才会在民间广为流传。

宋江等人的最终结局是什么

《水浒传》中梁山好汉的最终结局是招安，后来又被朝廷迫害，这是一个相当悲剧的结果，所以，金圣叹在点评的时候把《水浒传》一分为二，说后三十回并不是施耐庵写的，而是后人伪造的。这说明，金圣叹在主观上并不承认宋江会走招安这条路。那么，历史上的宋江招安后的结局究竟是怎样的呢？

《宋史·张叔夜传》明确记载："擒其副贼，江乃降。"同样的记载也出现于《续资治通鉴》中，李若水的诗集中也曾写道："大书黄纸飞敕来，三十六人同拜爵。"这表明，宋江确确实实是招安了，而宋江招安之后的结局则众说纷纭，有一种说法是宋江招安之后，被朝廷借机残忍杀害，这个理论的依据来源于宋代的《夷坚乙志（六）·蔡侍郎》。书中记载：

宣和七年，户部侍郎蔡居厚罢，知青州，以病不赴，归金陵，疽发于背，卒。未几，其所亲王生亡而复醒，见蔡受冥谴，嘱生归告其妻云："今只是理会郓州事。"夫人恸哭曰："侍郎去年帅郓时，有梁山泺贼五百人受降，既而悉诛之，吾屡谏，不听也。"

有人据此推测，文中提到的“梁山泺贼”就是宋江等招安的人，但这仅仅只能算是一种主观臆断式的推测，而且有明显的漏洞。因为在《宋史》中我们可以查到，宣和三年宋江就已经投降了，而这篇文章所说的事情发生在宣和六年，显然，招安后就被立即处斩的并非宋江等人。

在《水浒传》中，梁山好汉在招安后不久便被朝廷派去征讨方腊，虽然损失惨重，却一战成名，将朝廷的心腹大患除去，而且在征讨过程中，小说还提到了许多可歌可泣的事迹，如“武松单臂擒方腊”“宋公明大战乌龙岭”“卢俊义大战昱岭关”等。虽然这些事件并没有历史依据，但有些学者认为宋江确实被派去南征方腊，因为在《宋史·侯蒙传》中，侯蒙在方腊作乱的时候就向宋徽宗提出过“以盗御盗”的策略，而在《皇宋十朝纲要》中也提到宣和三年二月宋江兵败后投降张叔夜，同年便随朝廷大军共同征讨方腊，而且大获全胜，原文是：“六月辛丑，辛兴宗、宋江破贼上苑洞。”但是，《皇宋十朝纲要》并非正史，并没有多少权威性，而且在《宋史》和《续资治通鉴》等史书中，征讨方腊的记载中并没有只字片语提到过宋江，所以，在宋江是否征讨方腊这件事上，史学家们的意见并不统一。直到1939 年，考古工作者挖掘出宋朝将领折可存的墓碑，并从墓志铭上发现了端倪，上面说：“方腊叛，用第四将从军，褚人藉才，互以推公，公遂兼率三将兵。奋然先登，士皆用命，腊贼就擒，迁武节大夫。班师过国门，奉御笔捕草寇宋江，不逾月，继获，迁武功大夫。”

从这个墓志铭中我们知道，折可存奉命征讨方腊，成功击败方腊后，顺道就把宋江消灭了。而观文殿学士李若水也在其诗中表达了对招安后宋江等人所作所为的不满，如果宋江真的立有战功击败方腊的话，作为宋江同僚的李若水不可能会如此轻视宋江，因此，宋江等人在招安后的表现可能并不能让朝廷满意，如此一来，征讨方腊的事就无从谈起了。

很多人认为，宋江在招安之后再次谋反。这种观点是有道理的，因为宋江在招安之后并没有得到朝廷的重用，而是沦为了可有可无的一众闲散人员。李若水曾经将山东宋江与河北李江对比过，李江在招安后老老实实，并没有做出任何越轨的行为，因为李江的初衷就是靠着招安加官进爵，享尽荣华富贵。宋朝时民间谚语曰："若要官，杀人放火受招安。"这说明当时大多数农民起义军的初衷就是吃饱喝足，并没有太大的政治理想。

但是，宋江和李江并不一样，宋江本来的目的就是要和朝廷分庭抗礼，和方腊一样建立属于自己的割据势力，根本没想过要招安，他们是在张叔夜的进攻下走投无路才投降的。这是保存实力、徐图后进的权宜之计。

其实，宋江招安之后不如意的结果早就注定，因为当时的政治环境不会给宋江等草莽之辈适宜的生存空间。在封建社会，入朝为官的人基本都是皇族大家或名门望族，或者是通过科举考试博取功名，他们大多知书达理、文化程度相对较高，而宋江等人多半是穷苦农民出身，除了他自己读过几年书外，他手下的人基本上都是草莽，还有不少犯过重罪。让这些人来朝廷做官，必然会引起非议，试问，有哪位文人雅士愿意与一帮坐过牢的贼寇同朝为官呢？所以，朝廷表面上接受了他们，实际上骨子里是还是鄙视他们的。

在这样的大环境下，莫说宋江本来就有反意，即便他本来没有反意，也会被逼得再次铤而走险，毕竟宋江的骨子里并不甘于久居人下，因此，宋江二次反叛的可能性非常大。当然，这种观点并不是空穴来风。根据各类史料文献记载，宋江一共有两次投降，分别是不同的时间、不同的地点、由不同的人招降，这些都证明，宋江的确是在招安之后再次反叛的。而折可存的墓志铭造假的可能性也不大。另外，《宋史·方腊传》记载，方腊在宣和三年四月就被韩世宗击败，而折可存在随韩世宗出征方腊之后又顺道回去消灭了宋江，时间大概是宣和三年四月之后，那个时候，距离宋江第一次招安只有不到三个月的时间，也就是说，宋江在朝廷任职没有超过三个月就再次叛变。

对宋江叛变的原因，很多史学家进行过分析，除了前面提到过的朝廷政治环境和宋江自身的原因之外，还有可能受到了方腊的影响。宣和三年三月之前，方腊的势力最强，与朝廷的军力对抗也最为激烈，而且，当时方腊领导的农民起义军在数次战役上小胜宋军。这些事估计对宋江产生了鼓舞，让他有了继续反抗朝廷的打算。另外，宣和三年三月之后，朝廷开始调派大军剿灭方腊，这给了宋江可乘之机，所以，当朝廷军队与方腊军对峙的时候，宋江趁机在后方作乱，怎奈战斗力太弱，被击败方腊准备班师回朝的折可存歼灭。

华雄是被关羽斩杀的吗

《三国演义》中，董卓帐下的都督华雄被关羽斩杀，“温酒斩华雄”的故事流传至今。

《三国演义》里有这样一段文字：

绍问现居何职。瓒曰：“跟随刘玄德充马弓手。”帐上袁术大喝曰：“汝欺吾众诸侯无大将耶？量一弓手，安敢乱言！与我打出！”曹操急止之曰：“公路息怒。此人既出大言，必有勇略；试教出马，如其不胜，责之未迟。”袁绍曰：“使一弓手出战，必被华雄所笑。”操曰：“此人仪表不俗，华雄安知他是弓手？”关公曰：“如不胜，请斩某头。”操教酾热酒一杯，与关公饮了上马。关公曰：“酒且斟下，某去便来。”出帐提刀，飞身上马。众诸侯听得关外鼓声大振，喊声大举，如天摧地塌，岳撼山崩，众皆失惊。正欲探听，鸾铃响处，马到中军，云长提华雄之头，掷于地上。其酒尚温。

这一段描写得非常精彩，施耐庵并没有直接描写关羽如何勇冠三军，而是先把焦点集中在了华雄身上，着重渲染华雄的勇猛和功绩以及关羽所在阵营——十八路诸侯如何面对华雄畏首畏尾，在这种生动而形象的描写下，人们便更容易相信关羽斩杀华雄的事实了。

但是，演义不等于史实，华雄并不是被关羽所杀。据史书记载，当时参与讨伐董卓的诸侯并不是小说中所说的十八路，而是十四路，有谁没有来呢？他们是马腾、公孙瓒、孔融和陶谦，而且，诸侯会盟的时候袁绍和曹操等重要人物并没有到场，最后，让名不见经传的广陵功曹臧洪担当盟主，宣读了讨伐董卓的檄文，从这里我们可以看出，历史上的这次会盟与罗贯中笔下描述的会盟差距很大，不仅重要人物没有到场，连盟主都换了。

其实，这里的关键点就是公孙瓒这个人。《三国演义》中，刘备、关羽和张飞三人当时在幽州刺史公孙瓒麾下，会盟的时候是跟着公孙瓒一起来的，既然公孙瓒没有参与这次会盟，以刘备的身份地位根本不可能带着关羽、张飞二人前来。那么，当时的刘备在什么地方呢？

史书上说，刘备在任平原县令之后不慎得罪上级，弃官而逃，不久便投奔大将军何进派来讨伐黄巾军的部队，因力战有功，被任命为别部司马。据《资治通鉴》和《续后汉书》记载，刘备任别部司马的时间是 191 年 10 月，但是，十四路诸侯共讨董卓的会盟时间却是在 190 年，那时，刘备还没有投奔公孙瓒，也不可能参与这次与会盟相关的任何战役，关羽也根本不可能遇到华雄，更不可能“温酒斩华雄”了。

既然华雄不是被关羽所杀，那他究竟是被谁杀的呢？答案是被孙坚所杀。证据就在《三国志·吴书·孙破虏讨逆传》中，原文是：

卓遣步骑数万人逆坚，轻骑数十先到。坚方行酒谈笑，敕部曲整顿行陈，无得妄动。后骑渐益，坚徐罢坐，导引入城，乃谓左右曰："向坚所以不即起者，恐兵相蹈藉，诸君不得入耳。"卓兵见坚士众甚整，不敢攻城，乃引还。坚移屯梁东，大为卓军所攻，坚与数十骑溃围而出。坚常著赤罽帻，乃脱帻令亲近将祖茂著之。卓骑争逐茂，故坚从间道得免。茂困迫，下马，以帻冠冢闲烧柱，因伏草中。卓骑望见，围绕数重，定近觉是柱，乃去。坚复相收兵，合战于阳人，大破卓军，枭其都督华雄等。是时，或间坚于术，术怀疑，不运军粮。

从这段文字中我们可以看出，孙坚曾经和董卓有过大战，而且第一次战败了，第二次则戏剧性地大胜。据史书记载，十四路诸侯虽然结成了同盟，但都惧怕董卓，而且他们各怀鬼胎，谁也不想拼尽全力，只有孙坚和曹操主张与董卓军奋战到底，只可惜，孙坚在行军中不慎被董卓手下的将领徐荣偷袭，最后带着数十人马突围而出，险些被敌方俘虏。因此，第一场战役中击败孙坚的是徐荣，而不是《三国演义》中的华雄。

孙坚在第一次战败之后，得到了十四路诸侯中袁术的支持，当然，袁术的意图也很明显，就是要怂恿孙坚再次起兵与董卓对抗，自己好坐收渔人之利。即便如此，一向勇武的孙坚还是毅然做了迎击董卓的先锋。

《资治通鉴》记载，孙坚进军梁县的西面，而董卓则派大将吕布、华雄以及胡轸前去围剿，这次进攻看似比徐荣那一次更加猛烈，但事实上，董卓军队内部出了问题，作为主帅的胡轸与董卓崇信的吕布素来不和，导致军队的执行力低下，孙坚恰好利用这次机会，在吕布与胡轸发生分歧的时候进行突然袭击，打了他们一个措手不及。在这次奇袭中，胡轸被杀死，吕布靠着武力杀出重围，而华雄则被孙坚擒获后斩首。所以，华雄的死和关羽并没有任何关系。

历史上曹操的武艺真的比不过刘备吗

《三国演义》中，刘备手持双股剑协助关羽、张飞恶斗吕布的一幕让人热血沸腾。以传统武术观点来看，双手击剑需要相当的力量与协调性，还要兼顾灵活的身法，所以非常难练。而刘备最擅长使用的就是双股剑，足见刘备在当时绝对可以算得上是剑术名家。

反观《三国演义》中的曹操则逊色得多，上阵与敌方将领的对战次数为零，在冲锋陷阵中也几乎没有他的身影。唯一体现他勇武之处的就是曾经携带匕首单枪匹马刺杀董卓，结果却并未出手。原文如下：

次日，曹操佩着宝刀，来至相府，问："丞相何在？"从人云："在小阁中。"操径入。见董卓坐于床上，吕布侍立于侧。卓曰："孟德来何迟？"操曰："马羸行迟耳。"卓顾谓布曰："吾有西凉进来好马，奉先可亲去拣一骑赐与孟德。"布领令而出。操暗忖曰："此贼合死！"即欲拔刀刺之，惧卓力大，未敢轻动。卓胖大不耐久坐，遂倒身而卧，转面向内。操又思曰："此贼当休矣！"急掣宝刀在手，恰待要刺，不想董卓仰面看衣镜中，照见曹操在背后拔刀，急回身问曰："孟德何为？"……

从前文我们可以看出，曹操的武艺并不高强，尤其是"惧卓力大，未敢轻动"这句话，根本就是表明曹操在一对一并且携带利刃的情况下也没有把握击毙赤手空拳的董卓，因此，在罗贯中的笔下，曹操的武艺只能算是三流，甚至连普通武将的级别也达不到。不过，这也只是小说中的观点。那么，在史料中记载的曹操，武艺究竟如何呢？

东晋史书《异同杂语》中如此描述曹操："才武绝人，莫之能害。"而《魏记》则提到曹操"才力绝人"，书中还记载了这样一件事："太祖尝私入中常侍张让室，让觉之；乃舞手戟于庭，逾垣而出。"

张让何许人也？他是十常侍之首，其所居之地肯定有重兵把守，结果曹操竟然能用手戟突围出去，这足以说明曹操的武艺决非等闲之辈可比。

《魏书》对曹操武艺的记载则更为丰富，里面有句话是："从数骑过故人成皋吕伯奢；伯奢不在，其子与宾客共劫太祖，取马及物，太祖手刃击杀数人。"

从这段话我们得知，即使曹操在没有防备的情况下遭遇抢劫，依然能够连杀数人。而《三国志》中，对吕伯奢这件事的描述更为详细，原文是："太祖过伯奢。伯奢出行，五子皆在，备宾主礼。太祖自以背卓命，疑其图己，手剑夜杀八人而去。"这里记载的曹操虽然是先发制人，但能连斩八人，可见他使剑的狠辣。

如果说曹操面对的这些人只是平民，《魏书》记录的以下事件更能说明曹操的高强武艺："太祖手剑杀数十人，余皆披靡，乃得出营，其不叛者五百余人。"这个故事的背景发生在曹操到扬州招募士兵，当返回龙亢县的时候，许多士兵趁机逃跑，甚至在曹操的营帐上放火，曹操见状，拿起宝剑冲了出去，斩杀几十个人，所以，正是曹操的勇猛无比，才使叛军被震慑而放弃抵抗。

其实，曹操在早年就经常亲自冲锋陷阵，平定黄巾起义也表现了其勇猛果敢的一面。《魏书》是这样记载的："黄巾为贼久，数乘胜，兵皆精悍。太祖旧兵少，新兵不习练，举军皆惧。太祖被甲婴胄，亲巡将士，明劝赏酒，觿乃复奋，承闲讨击，贼稍折退。"

由此我们可以看出，亲自带兵杀敌对于曹操来说是家常便饭，而他之所以能如此勇猛，和他本身惊人的单兵作战能力是分不开的。《魏书》中还有记载曹操的一句话："手射飞鸟，躬禽猛兽，尝于南皮一日射雉六十三头。"从这里我们又可以看出曹操射箭也达到了一个很高的水平，甚至已经直逼黄忠。

那么，曹操最擅长的兵器是什么呢？有三种，分别为戟、剑和刀，从持戟闯出张让的府邸可以看出曹操用戟的纯熟。而用剑方面，除了杀吕伯奢一家以及在两军对战中凸显出来之外，《世说新语》中还记载了"以剑击魏武"："袁绍年少时，曾遣人夜以剑掷魏武，少下，不箸。魏帝揆之，其后来必高，因帖卧床上，剑至果高。"袁绍为了试探曹操的武艺，派人晚上偷偷向曹操投剑，结果被曹操挡住，足可见曹操对于剑的了解超乎常人。另外，曹操用刀的记录也并不少见。《三国志·杜袭传》有这样一段话：“时将军许攸拥部曲，不附太祖而有慢言。太祖大怒，先欲伐之。群臣多谏：可招怀攸，共讨强敌。太祖横刀于膝，作色不听。”《世说新语》中匈奴使节评价曹操：“魏王雅望非常，然床头捉刀人，此乃英雄也。”从这两件事上都可以看出，曹操用刀的频率也是很高的。

所以，历史上的曹操远不像《三国演义》中描写的那样，而是一位既有过人智慧又有超人武力的英雄人物，而单论武艺来说，刘备是远远不及的，即便遇上吕布，曹操估计也有一战之力。

第三章

地理常识：四大名著涉及哪些地方

艺术来源于生活，又高于生活，小说作为艺术的载体，自然也不例外。四大名著里所提到的地理位置均有迹可循，地理位置的考察可以帮助我们推断小说中事件或典故的真实性，从而对整部小说进行一个客观的评价，这对于研究小说的历史性具有非常重要的参考价值。

扑朔迷离的“赤壁之战”

《三国演义》中，赤壁之战的位置设定在了长江之上，曹操沿江而下与孙权激战。但实际上，正史中并没有明确记载赤壁古战场的具体位置。古代流传有“荆楚五赤壁”之说，即蒲圻（今赤壁市）、武昌、黄州、汉阳和汉川的赤壁。而迄今为止，赤壁古战场的具体位置仍未有定论，成为一个千古谜团。我们只能通过搜寻一些史书和文献的片段进行考证。

西晋史学家陆机所著的《辩亡论》记载：“魏氏尝藉战胜之威，率百万之师，浮邓塞（今湖北襄阳市东北）之舟，下汉阴之众，羽楫万计，龙跃顺流，锐师千旅，武步原隰，谟臣盈室，武将连衡，喟然有吞江浒之志，噎宇宙之气。而周瑜驱我偏师，黜之赤壁，丧旗乱辙，仅而获免，收迹远遁。”此文中的“浮邓塞之舟，下汉阴之众”表明曹操是沿着汉水而下攻击孙权的，而不是沿着长江而下。而巴丘与江陵就在汉水的附近，所以，曹操极有可能从江陵行军至巴丘，然后到达赤壁。

赤壁之战时，曹操曾经给孙权写信，信中有一段文字是：

“赤壁之困，过云梦泽中，有大雾，遂便失道。”在东汉，云梦泽所在位置是在今天京山一代的温峡口水库附近，这个位置离长江非常远，而书信中明确指出通过云梦泽就到达了赤壁，所以赤壁根本不可能在长江之上。

有很多史学家认为蒲圻、武昌、嘉鱼、黄州的其中之一就是赤壁古战场，而实际皆非如此。宋代诗人陆游就曾在《入蜀记》中提及自己曾经到过湖北的汉阳、沔阳、洪湖、监利、潜江、江陵和石首。那时候洪湖和监利一带有大片芦苇滩和沼泽地，而赤壁之战比陆游所处的宋代早了接近1000年，那时这一带更加荒芜，曹操的部队根本不可能经过这里，而这一带正是乌林。所以，曹操战败后撤退到了江北而不是乌林，而蒲圻距离乌林并不远，所以，赤壁的古战场不可能在蒲圻。

如果赤壁古战场在武昌，那么《三国演义》中的乌林就是洪湖乌林，而武昌距离洪湖乌林大约64公里，小说提到曹操的水军在赤壁，而步骑兵在乌林，这样的话，水军和步骑兵的距离就相隔太远了，这不符合曹操集中优势兵力、速战速决的布阵原则。另外，从洪湖乌林到曹操的根据地汉阳，途中要经过大片的沼泽地，这种地形明显不利于撤退。因此，基于洪湖乌林为基础的武昌也不是赤壁古战场。

至于嘉鱼赤壁，那就更加没有可能了，因为在历史上湖北武昌、嘉鱼、蒲圻县的政区经常发生变动，当蒲圻赤壁在嘉鱼境内，蒲圻赤壁就被称为“嘉鱼赤壁”，所以很多人认为，赤壁在嘉鱼县。实际上，中华人民共和国成立后的政区规划为蒲圻赤壁在蒲圻县境内，武昌赤壁在武昌县境内，所以，嘉鱼赤壁是无稽之谈。

位于今天湖北黄冈市的黄州赤壁也不是赤壁古战场。《三国演义》中周瑜在柴桑曾经对孙权说："瑜请得精兵三万人，进住夏口（今湖北汉口），保为将军破之。"从这句话可以看出，赤壁之战发生在夏口的西面，但黄州赤壁的位置在夏口的东面、长江的北面，所以，黄州赤壁只是周瑜率领水军从长江西到夏口时经过的地方，并不是战场的确切位置。

曾经有一段时间人们认为赤壁古战场在钟祥，其实，这种说法并不可靠。如果钟祥赤壁的假设成立，那么曹操在赤壁之战撤离应该是从钟祥到宜城，再到襄阳，而京山在钟祥的东面，并且距离钟祥有相当长的一段距离，所以，曹操在撤退的时候就不可能经过京山。但是，据史书记载，曹操败走赤壁的时候曾经过此地驻扎，而这里后来也被称为"曹武街"。从曹操撤退路线来看，钟祥也绝非真正的赤壁古战场。

排除了蒲圻、武昌、嘉鱼、黄州的赤壁后，汉水附近的赤壁就只剩汉川赤壁了，在前文曹操所写的信中得知，赤壁处在云梦泽中，那么汉川赤壁如果是古战场，也应该是在云梦泽中。事实是否真的如此呢？

汉川在周朝属于郧国，关于云梦泽的最早记录是《左传》中所提到的"云国之梦"。而"云国"就是郧国，而"梦"在古汉语中的意思就是"湖泽"，所以"云国之梦"就是郧国里面的湖泽。而这个湖泽就是曹操所说的云梦泽，或者说是云梦泽的一部分。

历史上的赤壁之战有两个独立的战场，分别为赤壁战场和乌林战场，汉川赤壁就在汉水以北大约 5000 米处，而且这里水面宽度恰好符合赤壁战场的水面宽度，在赤壁之战的时候，曹操水军初战失利后撤退到了汉水北面的汉川赤壁，而周瑜水军在汉水南岸趁机发动奇袭，紧接着，黄盖带着盛满易燃物的战船撞击曹军战船使其船身起火，曹操在赤壁、乌林兵败后，就从汉川乌林撤退到汉川大赤，乌林与大赤的距离约 36 公里，曹军从乌林撤退到大赤大约有 4 个小时的时间，而曹军撤退时的行军速度是每小时 9 公里，这个速度是有可能达到的。

所以，经过实际的考察，我们分析，赤壁之战应发生在今湖北汉川市赤壁街和垌冢镇附近，《三国演义》所说的在长江之上的可能性不大。

梁山泊现在位于什么地方

水泊梁山在哪里？这个地理问题恐怕连小学生都知道，就在山东省济宁市的梁山县城，而它周围的水域则分布在济宁梁山、泰安东平县和菏泽郓城县，但是，当我们登上梁山的时候会发现，那只是一座很普通的山，既不高也不雄伟，和小说中所说的“山排巨浪”和“水接遥天”完全不相符，而且，书中提到的“宛子城”“蓼儿洼”“聚义厅”“忠义堂”“黑风口”“断金亭”“宋江马道”等“山寨景点”都没有很好的体现，让人觉得济宁的梁山像是一个“假梁山”。

那么，历史上真正的梁山泊在什么地方呢？宋江所处的北宋时期并没有山东省，更没有济宁市，《水浒传》中柴进曾经对林冲说，水泊梁山是隶属于济州府的一个水乡。而“梁山泊”这个称谓最早在《资治通鉴》中出现过，原文是：“浚五丈渠，东过曹济、梁山泊，以通青郓之漕……”《宋史》中还记载：“岸摧七百步，漫溢州城，历澶、濮、曹、郓，注梁山泊……”由此可见，在北宋时期，梁山泊的水域所涉及的范围就非常广。

但是，这地理形势并没有持续多久。《金史》记载：“黄河已移故道，梁山泺水退，地甚广，已尝遣使安置屯田。”所以，由于黄河多次决口改道，加之常年的淤泥聚集，“八百里水泊”的盛况早就已经不存在，梁山周围的辽阔水域也成为普通耕地。

《辞海》中详细记录了这件事：“（梁山泊）本系大野泽的一部分，五代时，泽面北移，环梁山皆成巨浸，始称梁山泊。从五代到北宋，多次被溃决的黄河水灌入，面积逐渐扩大，北宋熙宁以后，周围达八百里。入金后河徙水退，渐涸为平地。元末一度为黄河决入，又成大泊，不久又涸。”

通过以上信息我们可以认为，现有的梁山一定和史书、小说中所写的“梁山泊”大有不同。受环境影响，原本的梁山泊早已经消失，后人出于某种目的又在疑似地点新建了“忠义堂”“宛子城”等等。

与此同时，欧阳修距离宋徽宗时期相对较近，他笔下的“梁山泊”可能和古梁山契合度较高。按《资治通鉴·后周纪五》中的记述，959年，步军都指挥使袁彦奉命开凿水渠，疏通青州（今山东潍坊附近）和郓州（今山东东平附近）之间的水道。这条水渠依次经曹州（今山东菏泽附近）、济州（今菏泽巨野县附近），最后注入梁山泊。从这里我们可以推论：北宋初年的梁山泊位于今巨野以东、东平以西。

此外，《宋史》中对黄河决堤注入梁山泊的记载也可以引作参考。史书说1019年黄河水涨，澶州（今濮阳西）、濮阳、曹州、郓州一带的河水都涌入梁山泊。据此我们也可以分析：梁山泊距离当时的黄河水域较近，并且大致位于菏泽以东、临近东平。不过，依照物理常识，东平河水涌入梁山泊，这便意味着东平处于地势较高的方位。按照我国西高东低的整体规律，东平理应位于梁山西部，这就和《资治通鉴》推测出的“巨野以东、东平以西”有所矛盾。至于这一困惑，我们还可以从小说本身入手寻找答案。

《水浒传》第六十九回写：“宋江又道：‘目今山寨钱粮缺少，梁山泊东，有两个州府，却有钱粮。一处是东平府，一处是东昌府。我们自来不曾搅扰他那里百姓，今去问他借粮，公然不肯。今写下两个阄儿，我和卢员外各拈一处，如先打破城子的，便做梁山泊主，如何？’”

这段文字明确交代，东平府位于梁山泊东部。而且，梁山泊之所以能够形成大面积水域，这原本就意味着该地地势较低，所以周边水流涌入也存在极大可能性。不过，河水逆流只是一个小范围事件，因此梁山泊理应极度靠近东平。

综合以上推论，小说中梁山泊的位置大约处在巨野县以东、东平县以西，靠近东平的位置。

两个“隆中”，到底哪个更接近现实

诸葛亮在辅佐刘备之前所作的《隆中对》流传千古，揭示了魏、蜀、吴天下三分的局面。那么，诸葛亮早年隐居的“隆中”究竟在现在哪里呢？

目前来说，隆中有两个地方，一个在河南省南阳市南郊，另一个在湖北省襄阳市西郊。现在，河南省与湖北省在争夺“隆中”所在地，河南省有关负责人表示，南阳的“隆中”才是真正的“隆中”，证据就是《前出师表》中的一句话：“臣本布衣，躬耕于南阳。”南阳就位于河南省。但是，湖北省有关负责人却提出了不同意见。他们依据的是《三国志·蜀书五·诸葛亮传》：“（诸葛亮的从父诸葛）玄素与荆州牧刘表有旧，往依之。玄卒，亮躬耕陇亩，好为《梁父吟》。”由此推测，诸葛亮“躬耕陇亩”的位置是在荆州境内，而荆州就是今天的襄阳。究竟是哪一个，或者另有其他地方，这必须以正史的史料为根据。

在《前出师表》中，诸葛亮提到的“躬耕于南阳”中的南阳并不是今天的南阳，当时的南阳只是一个“郡”，其内有诸多县。据《汉晋春秋》记载："亮家于南阳之邓县，在襄阳城西二十里，号曰'隆中'。"这让我们恍然大悟，诸葛亮在《前出师表》中说的"躬耕于南阳"，实际上是指南阳郡的邓县。

除了《汉晋春秋》，很多史料上也有对"隆中"的描述。例如，《水经注》中的"沔水又东径乐山北。昔诸葛亮好为《梁父吟》，每所登游，故俗以'乐山'为名。沔水又东径隆中，历孔明旧宅北。"这说明诸葛亮居住的"隆中"在沔水边，即襄阳城附近。在《水经注集释订伪》也提到"隆中"在襄阳府西三十里路的隆中山。在这座山下面有诸葛亮当年居住的宅子，当然，这个宅子很可能是后人修建的，原址应该早已在战乱中损毁。

《通鉴地理通释》中讲到"新野县属南阳郡"。在三顾茅庐之前，刘备任新野牧，而新野和邓县都属于南阳郡，因此，刘备三顾茅庐肯定去的是离他最近的邓县。《怀麓堂集》中也提道："汉史称，侯躬耕南阳；又曰寓居襄阳隆中。盖秦南阳郡郎（即）今邓州，而襄阳实在其界故也。"这样，诸葛亮隐居"隆中"的所在地已经非常明确，就在荆州市的襄阳城西、沔水河边南阳郡邓县的隆中。

玄奘西行的详细路线是怎样的

《西游记》中，玄奘带领徒弟们跋山涉水求取真经，路过了很多奇奇怪怪的国家，其中有许多我们生平闻所未闻的地名。其实，小说中的地名和国家大多都是吴承恩虚构的。那么，历史上的玄奘西行到底经过了哪些地方，具体路线又是怎样的呢？

唐玄奘从长安始发。由于佛教是从西域传到东土的，所以玄奘的路线大致是西行穿过河西走廊，路过星星峡和莫贺延碛，然后穿越吐鲁番盆地和塔里木盆地，继而越过帕米尔高原，来到中亚。相传玄奘到了中亚才知道佛教起源于印度，于是他又拐向南，翻过兴都库什山达坂，进入印度。

据说，玄奘在越过一片沙漠的时候，四天五夜滴水未进，行至天山的时候又遭遇雪崩，七天之后才逃出生天。《大唐西域记》中还记载了玄奘进过“大头痛”（兴都库什山，海拔超过了6000 米）和“小头痛”（喜马拉雅山脉和天山山脉附近，海拔4000 米以上）两个地方。“大头痛”与“小头痛”显然是玄奘根据当时的身体反应而起的名字。《续高僧传》记载，当时高昌王派了二十五名士兵护送玄奘穿越此地，但是成功到达中亚的仅仅有十八人，其他七人不是死于头痛就是被雪崩压死，但是玄奘安然无恙，他凭借着无比的勇气和毅力终于到达了位于印度的佛教圣地——那烂陀寺。后人作诗称赞玄奘："历天险而志愈慷慨，遭凶贼而神弥厉勇。"

以上是玄奘西行的大体路线，具体路线则要比这复杂得多。

631 年，玄奘终于到达了代表佛法最高境界的那烂陀寺，这是他离开长安的第四年。那烂陀寺位于今印度比哈尔邦巴特那县的巴尔贡村。所以，玄奘的西行之路虽没有小说中所说的那样碰上妖魔鬼怪，但要论路途所遇到的恶劣环境，未必比小说中差多少。

火焰山现实中存在吗？真有传说中那么热吗

在《西游记》中，“火焰山”是一个重要的地方，孙悟空费了九牛二虎之力才令火焰山的大火熄灭。令人感到戏剧性的是，火焰山就是当年孙悟空大闹天宫时打翻八卦炉造成的，自己当初做的孽还是要由自己埋单。小说原文是这样描述火焰山的：

三藏闻言，起身称谢道：“敢问公公，贵处遇秋，何返炎热？”老者道：“敝地唤做火焰山，无春无秋，四季皆热。”三藏道：“火焰山却在那边？可阻西去之路？”老者道：“西方却去不得。那山离此有六十里远，正是西方必由之路，却有八百里火焰，四周围寸草不生。若过得山，就是铜脑盖，铁身躯，也要化成汁哩。”三藏闻言，大惊失色，不敢再问……

可见，火焰山在小说中代表了相当恶劣的地理环境。那么，现实中是否真有吴承恩笔下的火焰山呢？如果有，是否会像小说中描述的那样恐怖呢？

其实，大名鼎鼎的火焰山就在吐鲁番盆地北面，在古代叫作赤石山，又名红山。火焰山东起鄯善县兰干流沙河，西至吐鲁番桃儿沟，长度大约有 100 公里，最宽的地方达到了 10 公里。火焰山周围不生长任何草木，动物也濒临绝迹。每年夏天，太阳照射特别强烈，地表的水分被蒸发，整个山体看上去仿佛有火云缭绕，非常壮观。

火焰山最早是一片火海，还没有形成完整的火山形态。王延德在《高昌行记》中写道："北庭北山，山中常有烟气涌起，而无云雾。至夕火焰若炬火，照见禽鼠皆赤。"唐代边塞诗人岑参也曾在《经火山》诗中说："火山今始见，突兀蒲昌东。赤焰烧虏云，炎氛蒸塞空。不知阴阳炭，何独燃此中。我来严冬时，山下多炎风。人马尽汗流，孰知造化功。"这些都表明了火焰山的炙热程度。

据专家监测，火焰山的确是中国最热的地方，夏季最高温度达到了 47. 8℃，而地表最高温度到了 70℃以上，这个温度完全可以烤熟鸡蛋。火焰山周围属于大陆性干旱荒漠气候。虽然全年平均温度只有 14. 5℃，但有 100 天以上超过了 35℃，其实，38℃以上的酷热天气也超过了 30 日，绝对称得上是中国极热之地。此地周围降雨量极少，又被称为中国极干之地。

虽然高温又干燥，火焰山周围的居民却想到很多应对办法，他们多半住在窑洞之中，或者将自己的家设计成类似窑洞的样子，即一半埋在地下，而且，建房也多用土坯，这样有助于更快散热。另外，火焰山的山体下面有一个天然地下水库，在戈壁砾石的作用下水位提高，溢出地表后形成了一大片绿洲，这一代也非常适合居住。

在火焰山顶上有一根巨大的石柱，名叫"拴马柱"，据说是唐僧西天取经路过此地用来拴马的，而旁边的一块巨石也被称为唐僧上马的踏脚石。不过，居住在新疆的维吾尔族人并不相信这个传说，他们管这根石柱叫“阿特巴格拉霍加木”。话说古时候有一位圣人名字叫艾力，是他把马拴在柱子上，而不是唐僧。具体是谁，这点无从考证。无论是玄奘还是艾力，史书中记载他们都来过这个地方，只不过，前者流传比较广泛。

关于火焰山，维吾尔族人的传说是这样的：在很久很久以前，有一条专吃童子童女的恶龙，当地的领导者为了除掉这条恶龙，派英雄哈拉和卓去对付恶龙，经过一番激烈的战斗，哈拉和卓终于在吐鲁番的七角井附近将恶龙刺伤，恶龙在逃跑的过程中，流的血洒到山上，形成了今天的火焰山。

总之，《西游记》中提到的火焰山确实存在，而且其高温与小说中相比也不遑多让。

红楼梦中的大观园究竟在哪儿

大观园的位置从很久以前就有“南北之争”。早在清乾隆年间，大家在读小说的时候就猜测里面描写的那个雄伟富丽的大观园究竟是在北京还是在南京。依照有关专家的观点，通读《红楼梦》我们会发现，里面所描述的地理特点和文化特色基本都属于南方地区。

以林黛玉为例，这个人物形象带有典型的南方特征，她的高雅含蓄符合南方文化的特点，而且她所居住的是“凤尾声声，龙吟细细”的潇湘馆，其中的竹子就是典型的南方植物。有关《红楼梦》的影视剧都是在北京拍的，他们在京建造了一座潇湘馆，工作人员也在那里种了不少竹子，但生长得相当差，非常细，而且发黄，这与小说中林黛玉的潇湘馆中所描述的竹子大相径庭。

在《红楼梦》第四十九回中，宝玉清晨起来发现外面白雪皑皑，当他走到栊翠庵时，发现里面十几株梅树已经盛开。文中提到的白雪红梅其实是南京的风光。春节过后，南京的梅花开放，这时候，北方的冷空气一来，就容易下大雪，这是南京才有的景象。北京气温非常低，冰天雪地的环境中梅花开放的可能性极小。

另外，在第十七回中，元宵节那天元春在大观园里看到了山和水，她还乘船到水上游玩。要知道，元宵节的时候，水上能行船的地方也只能是南方。在北京，元宵节那天冷得很，昆明湖和北海通常都已经结了厚厚的冰，乘船游玩的可能性非常小。

以上只是举例说明《红楼梦》里面所提到的自然风貌都是属于南京的。其实，《红楼梦》里面还有很多地方暗示大观园在南京。第二回中贾雨村与冷子兴谈话时说："去岁我到金陵地界，因欲游览六朝遗迹，那日进了石头城，从他老宅门经过，街东是宁国府，街西是荣国府。"在后面的章节中，我们知道宁国府和荣国府都在南京，所以，石头城就在南京，而且小说原名叫《石头记》，又名《金陵十二钗》，这些都映射了大观园在南京的事实，作者曹雪芹虽然迁居到北京，但小时候在南京生活的事实不容置疑。

大观园的原型就是曹雪芹的南京故居。曹家没落后，他的故居转到了隋赫德的手中，但没过几年，隋赫德也被抄家，后来，这片土地就被一个叫袁枚的县令买了下来，并取名为随园。袁枚是著名诗人，他在其著作《随园诗话》中这样写道："所谓大观园者，即余之随园也。"这里明确说明了大观园就是随园的事实。

值得一提的是，曹雪芹的爷爷曹寅据说曾经擒鳌拜有功被康熙皇帝大加封赏，但曹雪芹这一代得罪了雍正被抄家。所以，曹雪芹童年生活在一个非常富裕的家庭，他最怀念的自然也是南京的老家，他在《红楼梦》中描述的奢华生活并非空穴来风，例如，宝玉家的弹簧门和自鸣钟、晴雯穿的裘衣都是国外进口的，吃一个茄子也要十几种配料，非常讲究。曹雪芹童年的生活也接近于此，这些都从侧面说明了《红楼梦》中大观园确实是在南京。

第四章

医学要点：古时也有外科手术吗

中医是中华民族独有的医疗技术，蕴含了古老的传统文化。春秋战国时期中医理论已经形成体系，之后不断发展完善，日本汉方医学、韩国韩医学、朝鲜高丽医学、越南东医学等都是借鉴中医的理论和技术发展起来的。另外，中医还是在古代朴素的唯物论和辩证法思想指导下，通过长期医学实践逐步形成并发展起来的玄妙体系。

四大名著揭示了许多中医医疗知识和理论，也出现了许多古老的药物，像《水浒传》中多次出现的能够使人一喝就晕、用凉水一泼就醒的蒙汗药，还有华佗给关羽刮骨疗毒所使用的技术，都能使我们感到中医的神奇。而在《红楼梦》中，薛宝钗所服用的“冷香丸”虽然是作者杜撰，却颇含药理，用中医理论仍然解释得通。由此可见，四大名著还是学习中医知识、了解中医文化的科普读本。

华佗是否曾给关羽“刮骨疗毒”？这种痛楚常人能忍受吗

《三国演义》详细记载了关公“刮骨疗毒”的故事，但是很多人对“刮骨疗毒”的真实性表示质疑。因为那次战役是襄阳之战，时间在 219 年，而史书记载华佗早在 208 年就已经被曹操所杀，他怎么可能出现在 10 年后的荆州，给关羽刮骨疗毒呢？

《三国演义》中，华佗能在 219 年渡过长江，到荆州见关羽，又能在 220 年出现在许多地方帮曹操治头风，并且之后被杀害，这显然不合常理。有这样的可能性：曹操在处决华佗后不久，他最喜欢的儿子曹冲得了重病，无人能治，曹操想到了华佗，甚至为此写了一篇很长的悔过书来祭奠华佗，所以，罗贯中在书中整整为华佗续了 12 年的命。

其实，罗贯中之所以把刮骨疗毒这件事算到华佗身上，主要还是因为华佗在历史上确实是一位医术高明的医生，济世救人，经常给穷人治病。民间经常喜欢神化在某些领域有突出贡献的人，把其当作一种信仰和精神寄托，就像宋朝的包拯一样，人称“包青天”，民间将其作为清廉为官、为民申冤的代表。何况华佗早年曾经为江东的周泰医治身上的枪伤，更早些的时候，还帮助董袭治疗刀伤。另外，华佗发明了麻沸散，这是一种治疗外伤时减轻痛苦的良药，关羽刮骨疗毒正好和华佗这个医治外伤的高手相对应，《三国演义》中的原文是：

佗曰："此乃弩箭所伤，其中有乌头之药，直透入骨；若不早治，此臂无用矣。"公曰："用何物治之？"佗曰："某自有治法，但恐君侯惧耳。"公笑曰："吾视死如归，有何惧哉？"

其实，罗贯中之所以安排这个情节，一是体现关羽的超强毅力，树立武神的形象；二是凸显华佗的医术高超。既然历史上华佗并没有替关羽疗毒，那么疗毒这件事到底有没有呢？

历史上确有其事，《三国志》原文如下：

羽尝为流矢所中，贯其左臂，后创虽愈，每至阴雨，骨常疼痛。医曰："矢镞有毒，毒入于骨，当破臂作创，刮骨去毒，然后此患乃除耳。"羽便伸臂令医劈之。时羽适请诸将饮食相对，臂血流离，盈于盘器，而羽割炙引酒，言笑自若。

这表明，关羽确实是中了毒箭，每到阴雨天气就会疼痛难忍，这时候，有一位医生为他刮骨疗毒，治愈了他的箭伤，而且，在刮骨的时候，关羽喝酒吃肉，谈笑风生。《三国演义》里面，罗贯中又把喝酒吃肉改成了更高雅的下棋。

既然刮骨疗毒确有其事，那么当时给关羽治伤的名医究竟是谁呢？首先确定的是，那不是一名普通医生，有人怀疑是和华佗同时代的名医张仲景。但是，这个假设疑点颇多，外科手术是华佗的强项，却不是张仲景的强项。张仲景主要擅长查病用药，内科比较强。

既然医治关羽的医生不是华佗，那就肯定不会使用麻沸散，那么，关羽真的能忍受这种痛苦吗？对于平常人来说，不小心摔伤或擦伤胳膊就会疼痛难忍，更何况是在没有麻醉药的情况下把肉割开，在森森白骨上动手术，不要说痛处了，就算旁人看到这幕景象，估计都会瑟瑟发抖。那么，是不是小说为了表现关羽的英明神武，才故意夸大他的忍受能力呢？其实，这完全有可能。我们不要小看人的生命力，在濒临绝境的时候，人会迸发出难以想象的力量，在没有麻沸散、刮骨疗毒又势在必行的情况下，关羽必须忍受这种痛苦，而谈笑自若还有一种苦中作乐的意味。

刮骨疗毒这种外科手术在三国时期出现后，在以后的朝代延续了下来，而且有所发展。《北史》记载："子彦少常坠马折臂，肘上骨起寸余，乃命开肉锯骨，流血数升，言戏自若，时以为'逾于关羽'。"

《宋史》记载："城中发连弩射之，矢大如屋椽，牙将馆陶张琼遽以身蔽之，矢中琼髀，死而复苏。镞着骨不可出。琼饮酒一大卮，令人破骨出之，流血数升，神色自若。"而南宋名将韩世忠也曾有"中毒矢入骨，亦用强弩括取之"的时候。到了明朝刮骨疗毒的例子数不胜数，仿佛成了很普遍的治疗方法。

所以，纵观历史，刮骨疗毒并非不可能，而且，即便在 20 世纪，刮骨疗毒的方法仍在使用。

“蒙汗药”是一种什么药

《水浒传》中“智取生辰纲”讲述了一个非常精彩的故事。仔细品读我们会发现，真正让武艺高强而又谨慎的杨志上当的并不是吴用的计策，而是白胜倒在酒桶中的蒙汗药，让杨志等人一觉从日色当午“直到二更，方才得醒”。也就是说，杨志在大约中午十二点喝下蒙汗药后，到了晚上九点半才醒过来，药效强劲可见一斑。

不仅是杨志，梁山的其他好汉如鲁智深、戴宗、宋江等人，都曾经被人下过蒙汗药，就连被誉为天人的武松也在十字坡差点着了孙二娘的道。“那妇人那曾去切肉？只虚转一遭，便出来拍手叫道：‘倒也！倒也！’那两个公人只见天旋地转，禁了口，往后扑地便倒……那妇人笑道：‘着了！由你奸似鬼，吃了老娘的洗脚水！’”这里孙二娘所说的“洗脚水”，其实就是古代人屡试不爽的蒙汗药。

孙二娘用蒙汗药麻倒了两个公差，但仍然被精明的武松发现，因为武松看出杯子里的酒混浊。蒙汗药在当时虽然有使人快速麻痹或昏睡的功效，但蒙汗药为粉末状，下在酒里，并不能被水完全溶解，成悬浮液，而且，酒会呈混浊状，有心的人就能从中看出异常。

要论蒙汗药的起源，首先要推三国时期的著名医生华佗，他所发明的麻沸散就是蒙汗药的“最初版本”。《后汉书》也对麻沸散做了详细的记录，原文是：“乃令先以酒服麻沸散，既醉无所觉，因刳破腹背，抽割积聚；若在肠胃，则断截湔洗，除去疾秽……”这说明，在手术前服用麻沸散，病人能迅速进入睡眠状态，而且感觉不到任何疼痛，甚至开膛破肚也不会有丝毫反应。

《本草纲目·草部》中介绍道，由曼陀罗花制成的草药具有麻醉效果，其花冠的麻醉效果最好。据说，秋天将曼陀罗花晒干，碾成粉末，病人用热酒调服之后，进行手术的时候，就不会觉得痛苦。现代中医则把曼陀罗花称作洋金花，很多麻药都是从曼陀罗中提取的。

至于何时开始使用曼陀罗制作蒙汗药，我们不得而知，但史书和各种药学经典中对于此药的记载是从宋朝开始的。司马光在《涑水记闻》中记载：“五溪蛮汉，杜杞诱出之，饮以曼陀罗酒，昏醉，尽杀之。”这也说明了曼陀罗的神奇功效，对敌之时，只要略施小计，再配合蒙汗药，就能不战而胜。

对于蒙汗药的制作方法，明代人魏浚在《岭南琐记》中有这样的描述：“用风茄为末，投酒中，饮之，即睡去，须酒气尽以寤。”文中的“风茄”就是曼陀罗花，而且表明了蒙汗药放进酒里药效会更好，所以《水浒传》中，麻倒人最常用的手段就是将蒙汗药放进酒中。

用曼陀罗花制成的蒙汗药效果非常好，可以迅速阻断人的副交感神经，抑制人的中枢神经系统，而且曼陀罗花能抑制汗腺分泌，可以使人昏睡不醒。北宋时期，古籍中也曾记载有一种叫作“草乌”的植物，也叫乌头碱，可以对人的神经末梢先兴奋后麻醉，只不过，这种药物很容易致人死亡，所以在《水浒传》中使用的蒙汗药绝对不会是乌头碱，曼陀罗花的概率相当大。

经现代医学分析，我们弄清楚了曼陀罗花的主要成分是东莨菪碱、莨菪碱、阿托品等。这三种成分有非常强的麻醉作用，而且可以导致幻觉，而东莨菪碱则是曼陀罗花中含量最高的成分，形态类似黏稠的糖浆，味道辛辣且带有苦味。

蒙汗药效果如此显著，可以瞬间将人麻翻，那么，有没有破解之法呢？当然有，最简单的一种就是观察颜色和溶液的透明度，不过，这仅仅是对于古代的蒙汗药而言，到了近现代，蒙汗药已经被制作成完全溶于水的白色粉末，无色无味，肉眼根本识别不出来。

对于已经服用蒙汗药的人，想让他快速醒来倒是有办法。据北宋沈括介绍，有一种叫“坐拿草”的植物，可以使昏睡的人苏醒，当然，最简单的方法就是使用冷水泼脸或者强行灌下特制的汤药，就能很快苏醒过来。

《水浒传》记载，孙二娘在武松的请求下，调配了一碗解毒药，让张青给那两个公差灌下，不到一会儿的工夫，方才已经昏睡的两个公差就醒了，昏睡这段时间的记忆完全丧失，所以他们醒来就对武松说："我们却如何醉在这里？这家甚么好酒，我们又吃不多，便恁地醉了。记着他家，回来再问他买吃。"

《水浒传》没有明确写出孙二娘调制的解药究竟是什么配方，不过，清代人程衡曾经在《水浒注略》中提到蒙汗药的解法是："急以浓甘草汁灌下，解之。"而孙思邈的《千金方》也记载："甘草解百药毒。"此外，李时珍在他的著作中说得更加清楚，原文是："菓中有东莨菪，叶圆而光，有毒，误食令人狂乱，状若中风，或吐血，以甘草煮汁服之，即解。"所以，孙二娘当时熬的汤药极有可能就是甘草汁，只不过是罗贯中故弄玄虚没有说出来而已。

《红楼梦》中的“海上仙方儿”有何作用？是否有暗含的寓意

《红楼梦》中涉及的药品非常多，其中最为经典的药品当数薛宝钗所服用的“海上仙方儿”——冷香丸了，这种药物本身便香气弥漫，服用之后，身体也会产生异香。但是，冷香丸的制作之法非常烦琐，甚至薛宝钗本人都说：“不问这方儿还好，若问这方儿，真真把人琐碎死！”

书中薛宝钗这样描述冷香丸的做法：

“要春天开的白牡丹花蕊十二两，夏天开的白荷花蕊十二两，秋天的白芙蓉花蕊十二两，冬天的白梅花蕊十二两。将这四样花蕊于次年春分这日晒干，和在药末子一处，一齐研好；又要雨水这日的雨水十二钱……”周瑞家的忙道：“嗳哟，这么说来，这就得三年的工夫。倘或雨水这日竟不下雨，这却怎处呢？”宝钗笑道：“所以说那里有这样可巧的雨，便没雨也只好再等罢了。白露这日的露水十二钱，霜降这日的霜十二钱。把这四样水调匀，和了药，再加十二钱蜂蜜，十二钱白糖，丸了龙眼大的丸子……”

由此可见，冷香丸的制作方法当真是繁杂。薛宝钗的身体看上去比较丰满，贾宝玉曾经把薛宝钗比作杨贵妃，但看似身体健康的她从小有咳嗽、气喘的毛病，经常会发作，请了多个名医，都没有效果，最后请了一个专门治无名病症的和尚诊治，他认为这病是薛宝钗在娘胎里的时候不幸感染的一种热毒，幸好她先天身体素质好，没有酿成大病，但服用普通的药物肯定不会见效。于是，和尚给她开了有“海上仙方儿”之称的冷香丸。

传说“海上仙方儿”的疗效不同凡响，传说当年秦始皇就曾经派徐福到海上寻找可以长生不老的仙药，所以，自古人们就认为，出海寻找的药方肯定要比普通药方有效，很多时候，用药者为了强调药方的珍贵性，往往会解释自己所配的药得来非常不易，这样可以让患者产生一种心理安慰，也算是一种心理疗法。

但这个药方对于现代人来说，似乎感觉虚无缥缈，而名字也仿佛只有在仙侠类小说中才会出现。其实，冷香丸药方中的食材与药材在清朝并不难找到，而且具有实际的可操作性。

古人经常把玫瑰、荷花以及芙蓉花的花瓣磨碎，做成甜饼吃，或者直接将其与白米一起熬成粥，抑或是将其与茶水冲泡，总之，冷香丸所提到的四种花瓣都找得到，并且都能食用，而中医也经常会将花瓣写进药方。《红楼梦》中的刘姥姥向贾府讨要“梅花点舌丹”和“紫金锭”便是以梅花的花瓣作为原料的药品。

另外，冷香丸配方中的霜、雨水、雪和露水四种原料在日常生活中都很容易见到。在古代，绝大多数人会把雨水和露水按照季节储藏，当然，这里有迷信的成分，他们相信自然界赋予的天然之物有独特功效。明朝末年的散文家张岱就喜欢收集荷叶上的雨水酿造美酒，他认为这样酿出来的酒具有一种特别的香气。

实际上，古代南方家家户户都有收集雨水的习惯，他们认为这种水比井里打上来的水更加甘甜可口。至于植物叶子上的露水，很多古书上则表示有各种保健功能，而雪的用途则更加广泛，据说腊月的雪腌制的肉更鲜美，而且可以用来储存水果。

所以，曹雪芹所描述的冷香丸并不是烦琐到无法调配，雨、露、霜、雪以及四种花瓣，都可以在日常生活中见到。不过，有很多人质疑冷香丸药方的真实性，认为曹雪芹的冷香丸药方就是随意杜撰的，没有科学依据。其实不然，冷香丸颇和药理。古代中医认为，各类花的属性是阴，可以排除体内的“火气”，而且，白花可以滋补身体，所以，冷香丸的配方中白色花蕊比较多，这些花花草草对于热病患者非常有效，而且，配合雨水、露水等自然界的水，可以对人的肺部起到良好的保护作用，肺属白色，这正好可以治疗薛宝钗的咳嗽，所以，冷香丸的配方正好契合中医的五行五色理论。

冷香丸中的牡丹花可以起到凉血清热的作用，《本草纲目》记载其“和血、生血、凉血、治血，中伏火，除烦热”。而在《罗氏会约医镜》则提到荷花“清心益肾，黑头发，治吐衄诸血”。另外，芙蓉花在《本草纲目》中则被提到是“清肺凉血，散热解毒”，白梅花在《本草再新》中“入肝、肺二经”，有舒肝利肺气之效。所以，这四种花与薛宝钗的病情一一对应，这种搭配理论对中医有十分重要的借鉴价值。

其实，冷香丸在书中并不仅仅是一个神奇的配方，它的出现有着深层次的寓意。薛宝钗的性格有一些淡然冷漠，所以，只有她才适合这种属性寒凉的冷香丸。薛宝钗所得的病属于“热毒”的范畴，她对于社会民生非常关注，甚至对国家的政策都有自己独特的见解，但是，她关注世俗名利，所以，需要用一味药来压制她体内无法压制的欲火，冷香丸应运而生。最终，薛宝钗成为医治她的那个和尚的徒弟，这也不难理解，因为她并不痴迷于地位和钱财，病并非无法医治。

冷香丸中的四种花朵放到一起象征着高贵、坚强、典雅、纯洁，薛宝钗慢慢领悟了药方中的奥秘，自发地开始磨炼自己的品格。在小说中，我们可以看到，薛宝钗的卧室非常简单，而且，她的品性是坚贞中透着和蔼，对于林黛玉的处处排挤，她既没有暴跳如雷，也没有忍气吞声，而是在反击的同时照顾对方的颜面，并在适当的时候与黛玉和好，实现双赢，这种境界不是王熙凤和林黛玉所能达到的。另外，薛宝钗能在短时间内凑齐药方中的所有药材，可以说是和开药方的和尚非常有缘，即与佛家有缘。这也寓意了薛宝钗也是曹雪芹认可的接近完美的女性。

纵观《红楼梦》，其所刻画人物所患上的怪病并非生理上的疾病，而是揭露了他们性格的缺陷和弱点，而“海上仙方儿”冷香丸医治的正是人们的心病。

华佗能治好曹操的头风病吗

《三国演义》中有这样一个情节：曹操患了头风病后，难忍剧痛，手下找来了华佗为曹操治疗。华佗在经过初步的诊断后，对曹操说："大王头脑疼痛，是因患风而起。病根在脑袋中，风涎不能出，枉服汤药。"曹操急忙问："那该怎么办？"华佗胸有成竹地说："某有一法：先饮麻沸汤，然后用利斧砍开脑袋，取出风涎，方可根除。"一向多疑的曹操听说华佗要打开自己的脑袋医治，勃然大怒，指着华佗大骂道："汝要杀孤耶！汝必与关公有情熟，想乘此机会报仇耳！"在愤怒的驱使下，曹操命人将华佗关进了大牢。不久后，华佗被曹操杀害。

当时，我们都认为华佗有能力治好曹操的病，而曹操因为多疑害死了能使自己疾病痊愈的华佗，最终遭了报应，因病而亡。那么，曹操当时的头风究竟是什么病？他真的是死于头风吗？

中医常常把持续的、频繁发作的头痛称作"头风"。《医林绳墨·头痛》中写道："浅而近者，名曰头痛；深而远者，名曰头风。头痛卒然而至，易于解散也；头风作止不常，愈后触感复发也。"

而从现代医学的角度来说，“头风”又叫作慢性头痛，其致病因有数十种之多。“头风”二字还包含了中医对于病因的判断，即认为慢性头痛是由于“风邪”引起的，风邪又分为“内风”“外风”。但不管如何划分，在中医领域，根本无法使人完全明白，再有名气的中医医师对此也是一知半解，因为谁都不清楚“风邪”到底为何物，甚至当时起名的人也为它披上了封建迷信的色彩。

所以，中医理解的“风邪”并不具有物质属性，只代表一种符号，否则，医学已经如此发达，各种医学设备如此先进的今天不可能检测不出“风邪”究竟是什么东西。按照当时华佗的理解，风邪本身是无形的，而要从曹操头中取出的“风涎”则是“风邪”的形体，即风邪浓缩而成的一种物质，完全可以通过开颅手术取出，所以，“风邪”只能算是一种象征，而“风涎”则是有形的物质。

中医“头风”按临床表现又可以分为多种名称：头一侧痛的，叫偏头风；太阳穴中间疼痛的，叫夹脑风；头痛的时候头上汗多，并且感觉寒冷异常的，叫作首风。按照现代医学的说法，慢性头痛分为三大类，分别为功能性头痛，包括偏头痛、器质性头痛，还有一些非神经系统疾病，如五官科疾病中的青光眼、鼻旁窦炎、中耳炎、高血压、感染发热性疾病、颈椎病等。现代医学对于病因的分类比中医要精确很多。

那么，曹操的病症按照科学的分析真的是“头风”吗？这并不好判断，因为中医向来把症状直接当作诊断的所有依据，即只要发现长时间治不好的头痛就断定为“头风”，诊断起来相当盲目。在《三国演义》中，并没有发现对于曹操症状的详细描述，几乎所有的郎中都给出了“头风”的诊断。

《三国演义》第二十二回《袁曹各起马步三军　关张共擒王刘二将》中，陈琳帮助袁绍写了一篇文章，痛骂曹操，使其愤懑异常。原文是：“檄文传至许都，时曹操方患头风，卧病在床。左右将此檄传进，操见之，毛骨悚然，出了一身冷汗，不觉头风顿愈。”当时，曹操大约 40 岁，患头风已有很多年了，不知究竟是偏头风、夹头风还是首风。

《三国演义》第二十三回《祢正平裸衣骂贼　吉太医下毒遭刑》中，太医吉平和国舅董承密谋杀害曹操，吉平向董承提供情报说：“操贼常患头风，痛入骨髓；才一举发，便召某医治。如早晚有召，只用一服毒药，必然死矣，何必举刀兵乎？”这里也提到曹操只是经常头痛而已。而在《遗令》中，曹操也提到“吾有头病”。

诊断“头风”在古代中医领域并不是非常困难的，但按照现代医学的要求并不简单，必须找出这种持续性头痛的确切病因才行，这需要详细的病情资料和精密的临床研究。《三国演义》中提到曹操在 40 岁以前就患有头风，65 岁离世，可以初步判断，这种慢性头痛并非颅内肿瘤或颅内感染所致，因为这两种疾病有持续加重的特点，若得不到手术治疗或服用有效的抗生素药物，要想活 20 年几乎没有可能。

《后汉书 · 华佗传》记载：“曹操闻而召佗，常在左右，操积苦头风眩，佗针，随手而差。”这里提到了“目眩”，指的是视物模糊、头昏脑涨等症状，在功能性头痛中这种症状相当普遍，这也是偏头痛最为常见的症状，故很多情况下是以“偏头痛”来判断“头风”，但是，在诸多慢性头痛病中，具有头晕症状的并不只有偏头痛，在非神经系统病症中，青光眼也具有头痛和目眩的症状，那么，曹操所患的会不会是青光眼呢？

青光眼在医学上的分类也有很多，对曹操来说，慢性闭角型青光眼的概率最大。其发病年龄一般在30岁以上，发作的时候一般有很多诱因，例如情绪激动、用眼用脑过度、失眠等，疾病进展非常缓慢，而且症状非常轻。

《三国演义》记载，曹操连受关公和“梨树神”的惊吓后，出现“头脑疼痛不可忍”“自杀华佗之后，病势愈重”“病势转加”“气冲上焦，目不见物”等新症状。这和以往相比，发作的频率增加，程度加重了很多，最终导致了失明。这些症状用现代医学来解释，比较符合“慢性闭角型青光眼”。因为偏头痛不会导致失明，病情加重程度也没有这么迅速，没有这种显著加重的特点。

曹操最初的疾病虽然已经诊断出来，但是，导致曹操死亡的真的是“慢性闭角型青光眼”吗？显然不是，因为这并不是一个可以导致人死亡的病，即便是偏头痛，也不会导致死亡，那么，曹操究竟死于什么疾病呢？

无论正史还是演义，提供的症状学资料都无法确定曹操的死因。“头风”不会导致死亡，“慢性闭角型青光眼”更不会。

而脑肿瘤、脑血管疾病以及颅内感染等虽然有很高的致死率，但不符合症状特点。那么，我们只能从其他地方寻找蛛丝马迹。

东汉建安二十五年（220年），正处于东汉末年大瘟疫的高峰期，死亡率远远超过当时最惨烈的战争，而中原地区的瘟疫最为严重，那么，曹操会不会是死于这场瘟疫呢？

219年，曹操率大军进攻汉中失利，那时候是三月份。到了五月，曹操回到长安。八月，汉水泛滥，关羽放水淹七军，这迫使曹操在十月的时候亲率大军到樊城指挥作战，十二月关羽败走麦城被杀后，曹操随即回到洛阳，次年一月就去世了。曹操在这一年中转战四方，亲自到现场指挥作战，风餐露宿，这很容易使身体抵抗力下降，所以，班师后他在非常短的时间内死亡，极有可能是患上了某种疾病，最可能的就是感染了已经蔓延到全国各地的瘟疫。

据《三国志·吴主传》记载，建安二十四年（219年）的冬天，吕蒙袭击荆州，擒杀关羽父子，原文中有一处描写当时的环境："是岁大疫，尽除荆州民租税。"在《三国演义》中，吕蒙是被关公的冤魂杀死，这是迷信的说法，实际上吕蒙死于荆州爆发的瘟疫，因为东吴的孙皎、蒋钦等武将也在差不多同一时间逝世，而且他们正值壮年，有的还是身体强壮的将领，他们的死亡显得非常诡异。

就在这一年，被流放到荆州公安的刘璋病死，极有可能也是瘟疫的缘故。在这段时间里，荆州到樊城再到摩坡的情报是曹操必须知道的，他很有可能因此而沾染上了瘟疫。根据东汉末年医学家张仲景的《伤寒杂病论》记载，曹操所患的很有可能是“流行性出血热”，该疾病最典型的一个症状就是“头痛”。而且将曹操的经历与正史以及小说中的资料结合来看，曹操患瘟疫的可能性非常之大。

所以，我们推断：曹操早年所患的疾病可能是“慢性闭角性青光眼”，而其真正死亡原因则是患“流行性出血热”。

第五章

兵法韬略：《三国演义》与《水浒传》里有哪些大智慧

春秋战国时期，诸侯之间为了地盘不断抢夺争斗，智谋之士总结战争中的各种经验教训，研究制胜的普遍规律，兵法韬略也因此产生。很多人认为，《三国演义》是讲兵法韬略最多的一部小说。不可否认，这部作品描述的大规模战争的确是四大名著之最，里面提到了各种用兵之道和耳熟能详的著名战役，可以当成一本兵书来鉴赏。

但是，我们不能忽略的是，兵法韬略并不仅仅应用于战争，单个或数个人的对抗也需要斗智斗勇，这就不可避免地会运用兵法和计谋。从这个意义上来说，《水浒传》中所涉及的计谋不逊于《三国演义》，该书往往从小处着手，重点描述小事情中的大智慧，显示我国古代劳动人民在资源和人丁极其匮乏的情况下所表现出的智慧和勇气。

“七擒孟获”背后的真相是什么

在《三国演义》中，七擒孟获的故事写得相当精彩。首先突出了诸葛亮的尽职尽责，因为这次战役是诸葛亮亲征，他以“虑诸将才不及己”为名，决定以文臣的身份抗击敌军。在诸葛亮的军队向南进军过程中，南蛮之地发生内讧，首领高定的部下发动叛乱，杀了很多同族兄弟，并拥护孟获为首领，这表现出敌军各自为政、凝聚力不强。结果可想而知，在诸葛亮的英明领导之下，大军南渡泸水，在云南打败敌军，生擒孟获，“七擒七纵”的美谈由此而生。

《汉晋春秋》记载：诸葛亮军队到达南中的时候，听说孟获在少数民族中有非常高的声望，于是决定生擒活捉，然后慢慢感化。第一次活捉孟获后，诸葛亮带孟获查看蜀军阵营，并询问道：“我军如何？”孟获回答说：“过去我不知蜀军的布阵情况，不慎失败。今天你让我看过后，我发现也不过如此，下次，我肯定容易取胜。”诸葛亮笑了笑，让他回去整顿军马再次战斗。结果诸葛亮一连擒拿了孟获七次，又放了七次，最后孟获深受感动，跪在诸葛亮面前说：“您呀，具有上天一样的神威，从此以后，我们南中人再也不会反叛了。”

当时，蜀军将领对诸葛亮不杀孟获的做法并没有异议，但对诸葛亮继续让孟获治理南中且不加派蜀军将领监视的行为表示费解，因为他们认为孟获有可能再反。但诸葛亮解释说：“第一，若要留下蜀军将领，就必须留下足够的军队，但这里贫瘠，留守军队的伙食问题很难解决。第二，蛮夷刚刚失败，每个人的父母兄弟都有死伤，如果留下蜀军将领而没有留下足够的兵马，根本就形同虚设。第三，南中的人随时都有叛变杀戮的可能，留下来监视的蜀军将领必然和蛮夷相互猜忌，久则生变。所以，我今天既不打算留兵，也不打算留将，这样既能表现出对他们的信任，也让他们知道了蜀军的实力，就不容易发生叛乱了。”

历来史学家对以上内容深信不疑，《三国演义》更将“七擒七纵”渲染得真实生动，但是，还有以下几个疑点值得推敲：一是在冷兵器时代，蜀军根本不占任何优势，蜀军大将李恢虽然获得最后胜利，当刚进入南蛮之地的时候却吃了败仗，足以证明孟获的部队并不容易对付；二是蜀国军队劳师动众，千里奔袭粮草不济，况且陌生地形对蜀军非常不利，所以蜀军战胜孟获也应该是非常艰难的；三是战争异常残酷，敌我双方斗智斗勇，战场上也血流成河，双方兵将稍有不慎就会一命呜呼，怎么可能会和做游戏一样“七擒七纵”呢？诸葛亮带兵打仗一向小心谨慎，绝对不可能拿将士们的性命开玩笑；四是刀剑无眼，孟获不可能每次进攻都被活捉，要知道，战场上稍有不慎主帅就会阵亡，连战七次都被活捉，显然不合常理；五是“七擒七纵”既然是诸葛亮的丰功伟绩，必然会在史料上记载，但在正史《三国志·诸葛亮传》中虽然记载了这次战役，但对“七擒七纵”的事情只字未提，显然表明这件事并没有多少依据，而“南人不复反矣”的颂扬也变成了空穴来风。由此可见，《三国演义》把一些道听途说也加入了历史故事中。

更为重要的一点是，诸葛亮平定南中人用的并不是感化战略。据正史记载，他采用的是一种截然相反的措施，主要有三点。

第一，利用迷信“愚弄”百姓。《华阳国志》记载，南中百姓信奉鬼神和巫婆，对于诅咒和因果报应他们也深信不疑，所以，当地的蜀国官员们常常利用他们的愚昧无知，运用一些特殊手段约束他们。诸葛亮战胜班师之前，为南中人民作了一幅画，画中有天地日月，有皇帝臣子，天上还画了神龙，地上则画了牛羊。画完之后，他赐给南中人收藏。据说，南中人对这幅画非常重视，并且认为蜀军是“天降神兵”，根本无法抵挡，即便在西蜀灭亡之后，朝廷的官员到南中巡查的时候，南中人也会拿出画来给官员们看。

第二，分化瓦解。攻克南中后，诸葛亮将一万多南中人潜入内地，并分为五部分，将每个家庭中强壮的男子编排组成“飞军”，主要用他们冲锋陷阵，打一些艰难的仗，而将那些老弱病残，发配到内地焦、雍、娄、爨、孟、量、毛、李这些姓氏之下，作为私人部队，协助维护当地治安。诸葛亮这样做的原因，一方面是蜀国缺兵少将，可以依靠南中人扩充军队数量；另一方面，这是釜底抽薪之策，将南中少数民族的力量分化瓦解。东汉的时候百姓移民南方，而现在则让他们一部分回迁。

第三，分而治之。南中地区的益州郡、牂牁郡、永昌郡、越巂郡这四郡都占用很大的地域，人口众多，如果发生叛乱将很难收拾。而且那里多豪门大族，如果他们联合起来就容易对蜀汉政权造成巨大威胁。针对此，诸葛亮将益州郡改成建宁郡，然后在永昌郡中间划出一个云南郡，在建宁郡和牂牁郡中间，又划出一个兴古郡，这样，郡数增多，而每个郡的战斗力却削减了，后来，诸葛亮又从犍为郡中划出朱提郡，这依然是分而治之的策略。

所以，诸葛亮平定和安抚“南蛮”的策略并非是依靠“七擒七纵”的感化策略，而是采用“愚弄”群众、分化瓦解和分而治之的方式，使“南蛮”在客观上失去了叛乱的可能，而不是依靠道德来安抚和教化他们。

马谡因为什么丢失街亭

街亭的地理位置相当特殊，是当时的兵家必争之地，和荆州的战略位置同等重要。蜀军和魏军谁能得到街亭，谁就占据主动权。在街亭之战前，诸葛亮派遣马谡抢先占领了街亭。这个地方易守难攻，蜀军守住街亭，就相当于立于不败之地，但是，在《三国演义》中，街亭却在马谡的手中失去了，不仅仅是《三国演义》，诸如《三国志》等正史上也记载了马谡被张郃击败丢失街亭，这令很多人感到不解，像马谡这样得到诸葛亮赞许的智将为何会在有利的地理条件下失利呢？因为马谡犯了一个致命的错误，那就是没有选择防守，而是盲目地进攻。

其实，当马谡占据街亭这个战略要地后，只要积极修建工事，加紧防御，张郃即便是有多于马谡十倍的兵力，也很难在短时间攻破，而马谡本人也是完全有能力做好一个守将的。但是，马谡没有这样做。

街亭周围有略阳和陇坻两处据点，这两个地方最容易防守，只是街亭里面没有城池，只有山，不利于防守。因此，所谓的守街亭其实就是守住略阳和陇坻两处，就可以保证万无一失。

但是，马谡并不想守，而是想战，于是他最终选择了将大军驻扎在街亭的山上。副将王平提出意见，认为街亭既没有水源也没有运粮的通道，如果被魏军围困在山上，蜀军很快就会因为断水断粮而不战自败。遗憾的是，马谡并没有听从王平的建议，在他看来，首先因为王平不是军师，读过的兵法韬略远远没有马谡多，所以他在当时并没有发言权，也不会有多少人相信他的建议。其次，马谡熟读兵书，尤其是对韩信在井陉之战中的表现大为赞赏，他也想效仿韩信，运用“居高临下，势如破竹，置之死地而后生”的战略击败魏军，立下显赫战功。

久经沙场的王平当然要阻止马谡的过激行为，无奈诸葛亮给予了马谡绝对的权力，而王平的建议又使马谡火冒三丈，最后，马谡干脆交给王平一小部分兵马，让他自己安排，马谡则带领大军驻扎在街亭的山上。

前后两处位置都可以很好地防守，而马谡却偏偏驻扎在街亭，这看似让人很不理解。其实我们可以从心理学的角度分析马谡，他太想立功了，所以他急于与张郃决一死战，而街亭空旷便于厮杀，对于当时一心求战的马谡来说，驻扎在街亭的确是最佳之选。

但是，马谡忽略了一点，那就是选择决一死战要冒很大的风险，街亭之战如果胜利了，非但能够保街亭不失，还能消灭敌人有生力量，这是大功一件。一旦失败了，不仅损兵折将，连本来到手的街亭也会失去。而防守的代价要低得多，即便无法消灭敌人，也能依靠天险防御敌人，撑到援军到来。换句话说，防守的话有80%的概率能达到目的，而战则成功的概率只有50%。所以，当时最好的战略应该是防御敌军的进攻，而不是置之死地而后生。

另外，之所以说马谡选择错误还有一个更重要的原因，那就是敌将张郃的战斗力。很多看过《三国演义》的人对张郃的能力产生了错误的判断，认为他“单挑”打不过赵云、智谋不如诸葛亮，而且在早年跟随袁绍的时候又战败投降，被曹操收编麾下，认为张郃不堪大用。但实际上，张郃有勇有谋，是一位各种素质都非常全面的将领，虽然没有立下丰功伟绩，但向来小心谨慎，很少打无把握之仗，可以说，论作战经验来说，马谡在张郃面前就比较小儿科了。

所以，张郃在得知马谡驻扎街亭山上的时候，抓住这个有利时机，迅速将山围住，并切断水源，后来又用火攻，使得马谡的军队饥渴难耐，不战自乱。当马谡被迫带兵冲下山放手一搏的时候，并没有像之前想的那样居高临下、势如破竹，而是发现敌方如铜墙铁壁一般，根本冲不下去，结果全军覆没。

很多人不理解，既然马谡照兵书上的方法做了，而且有韩信的井陉之战作为参考，为什么会失败呢？很简单，因为适应的情形不同。韩信当时的情况是退无可退，已经被逼到绝路，只能背水一战。而马谡明明有更好的选择，在将士们都想着防御的时候，他偏偏要置将士们于死地，这就是一个相当错误的决策，自然导致失败。

当时，张郃有五万大军，而马谡只有两万，在作战经验上，马谡也弱于张郃，所以，若马谡选择防守或许能弥补战斗力的短板，但他偏偏用自己的短处去对抗对方的长处，肯定会导致失败。而先前被马谡痛斥的副将王平只带着数千人，就能在街亭两侧对抗张郃的五万大军，并且一直坚持到了最后，由此可见险要地段的防守威力。

如果马谡的两万军队全部像王平那样驻扎在街亭两侧，那么防守绰绰有余，甚至能消灭张郃大部分军力，即便张郃军队的战斗力强悍，能够轻易击败马谡军队，全歼城池内的两万兵马也要很长一段时间，在这段时间内，蜀军完全有时间等待援军的到来。但实际上，马谡军队在十天内就被张郃全歼。

关于马谡失败的原因，也有一些人猜测是诸葛亮故意陷害，先用激将法让马谡立下军令状，然后只给他两万兵马拖住张郃的五万兵马。其实，即便是按照这个逻辑分析，马谡的最佳选择也必须是防守，只有防守，才有机会拖住敌人，而进攻则会大大增加失败的概率。也有人说，马谡因为识破了诸葛亮的诡计，所以故意输掉战争。其实，这种推测也不可能成立，因为他如果想故意输掉战争，也可以选择开城投降。

纵观街亭之战，马谡的失败是必然的，他有最好的选择却放弃，而选择在街亭与身经百战的地方将领决一死战，这本身就是兵家大忌。所以，街亭之战的失败马谡要负主要责任。

最后，还有一点值得一提，那就是诸葛亮对于街亭之战也要负次要责任，因为早在诸葛亮重用马谡之前，刘备就曾经在诸葛亮面前提到过马谡，说这个人言过其实，不能重用。意思是说这个人表面上能言善辩、博闻强识，实际行动的时候却未必能做好。但是，诸葛亮不以为然，照旧让马谡担当街亭之战的总指挥，这本来就是用人不当。马谡可以当副将，可以当军师，但万万做不得主帅。所以，街亭之战的失利，诸葛亮也要承担部分责任。

孔明的三分天下战略可行性高吗

很多人在读过《三国演义》后，认为诸葛亮的隆中对策可行性差，甚至有人认为三分天下是诸葛亮凭空猜测的，根本没有依据。另外，诸葛亮一直躬耕陇亩，蜷缩在隆中一亩三分地里，每天把自己比作管仲、乐毅，这种隐居田园的行为很难让人相信他能提出如此富有建设性的战略规划。其实，这只是我们的误解。那么，古代没有发达的信息通信技术，也没有互联网，诸葛亮是如何分析出天下三分的呢？

实际上，诸葛亮没有出山之前就已经有了一个庞大的社会信息网络，这个网络对诸葛亮分析天下大势非常有利。首先，诸葛亮的大姐、二姐分别嫁到了东吴最有势力的蒯家和庞家。其次，诸葛亮的老丈人黄承彦和刘表关系密切。刘表的小儿子刘琮娶的是蔡氏侄女，而蔡瑁是诸葛亮妻子黄月英的亲舅舅，刘表则是黄氏的亲姨父。在这层关系下，诸葛亮完全有资格与东吴的庞、蔡、黄、蒯等名门人士交上朋友，向他们打听时政信息。另外，诸葛亮的家族成员在魏国和吴国都有人做官，诸葛亮的哥哥诸葛瑾在孙权手下做事，而诸葛亮的堂弟诸葛诞跟随曹操，诸葛亮与自己的兄弟姐妹自然常有书信往来。而且，诸葛亮所居之地在刘表的管辖之下战乱较少，各地名流汇集。这些得天独厚的条件，都能使诸葛亮做到足不出户而熟知天下大事，再加上诸葛亮本身才思敏捷，能依靠所掌握的丰富资料分析出天下三分也不是不可能。

有人认为，诸葛亮的三分天下策略可行性差，其实，这是因为很多人把它当作战术来看，而不是战略。三分天下本来就是一个思路或者说是一个世界观，并不需要说明具体如何去做，只需要知道我们为什么要做就可以了。

开始，诸葛亮分析了当时的局势，并列举了官渡之战中还很弱小的曹操战胜强大的袁绍的例子，以此来鼓励刘备完全可以以小博大，实现人生理想。接下来，诸葛亮又分析了当时还不能对抗的两股势力，一是曹操，他挟天子以令诸侯，如今号称已经拥有数百万的军队，再加上打着天子的旗号，现在根本无法和他争锋。二是孙权，借助父兄的力量，已经把江东地区治理得井井有条，而且那里有长江天险，地理位置相当优越，所以只可以和他们结盟，而不能贸然进攻。

紧接着，诸葛亮效仿当年的鲁肃，给刘备分析能够进攻的地方，首当其冲的就是荆州。前面说过，诸葛亮的岳父黄承彦和刘表的关系非常密切，而诸葛亮却放弃近水楼台的刘表而选择刘备，可见当时他对刘表相当不看好。诸葛亮是荆襄人士，他也希望能够寻找一个更加有能力的首领，所以，便向刘备伸出了橄榄枝。

诸葛亮结合刘备当时的情况，给刘备制定了先易后难的战略，通俗点讲，就是先打弱小地区，等时机成熟了，再与强者争锋。诸葛亮建议刘备先取荆州，一来，荆州的地理位置非常好，北对中原，东指吴地，西通巴蜀，是自古兵家必争之地；二来，刘表年事已高，安于现状，并不想图谋奋进，而荆州内部已经出现分裂，蔡瑁和刘表的长子刘琦的矛盾已经不可调和。所以，此时夺取荆州是最正确的选择。事实上，诸葛亮的这个计划非常合理，基本上也是刘备实现匡扶汉室理想的唯一选择。

说完夺取荆州的必要性后，诸葛亮就提出夺取益州。他列举了汉高祖成就霸业的例子来说明取益州的必要性，更为经典的一句话是："刘璋暗弱，张鲁在北，民殷国富而不知存恤……"诸葛亮这么说带有讽刺张鲁的意思。因为汉高祖当年可以在益州成就霸业，但如今刘璋被张鲁压制住，这说明刘璋的实力和眼界都非常弱，而且，益州的百姓对他并不支持，对于一个已经内忧外患的城池来说，被别人攻占是迟早的事情，这一点，东吴也早已看在眼里，所以，诸葛亮奉劝刘备在取得荆州后一定要先别人一步攻取益州。

取得益州并不算结束，诸葛亮还提出了统一天下的战略，原文是：

若跨有荆、益，保其岩阻，西和诸戎，南抚夷越，外结好孙权，内修政理；天下有变，则命一上将将荆州之军以向宛、洛，将军身率益州之众出于秦川，百姓孰敢不箪食壶浆以迎将军者乎？诚如是，则霸业可成，汉室可兴矣。

这是一个非常清楚的战略，简单来说，就是与西戎和夷越结盟，然后派一员将领从荆州北上，进攻宛城和洛阳，吸引曹操的注意力，而我方主力可直接从益州出发进攻关中。

诸葛亮的战略规划目标明确，着实让人热血沸腾，产生豁然开朗之感，所以刘备才会说：“孤之有孔明，犹鱼之有水也。”不过，诸葛亮的战略是光明的，可行性也很高，但实际行动起来非常困难。仅取荆州就非常曲折，因为不仅刘备盯住了荆州，孙权也垂涎荆州，他以报父仇为名杀死了刘表麾下负责镇守江夏的黄祖。不仅如此，曹操击败袁绍，也开始朝南进军，并占领了荆州大部分地区，刘备仓皇逃脱，投奔了孙权。

赤壁之战曹操大败，已经没有能力图谋荆州，但是，赤壁之战的主导者是周瑜，对东吴的贡献要比刘备大得多，所以，孙权有了占领荆州的权力，这就引来一系列纠纷。当初刘备占领荆州，孙权并不同意，但诸葛亮推说刘表的长子刘琦仍然健在，东吴不能越俎代庖占领荆州，当刘琦死后，诸葛亮又许诺取得益州后就会归还荆州，但事实上，当刘备以牺牲庞统为代价击败刘璋、夺取益州后，诸葛亮还是没有归还荆州的意思，在这期间，蜀汉和吴国爆发了很多次冲突，好在刘备已经占据了两个地方，完成了隆中对策的前两步。

遗憾的是，诸葛亮没有将实际情况把握准确，而且荆州可以说是从东吴手上“赖”过来的，并非名正言顺地取得。这和取益州是不同的，围绕着荆州，刘备和孙权的矛盾进一步激化，很快就酿成了悲剧，关羽兵败身死，荆州也被夺去，而陆逊的一把大火也将刘备打得惨败，刘备再也没有了图谋荆州的实力，所以说，三分天下的策略虽然切实可行，但实际操作中有诸多困难。刘备去世后，诸葛亮也只能凭借益州和魏国硬碰硬，终其一生也无法在对魏的战斗中取得决定性的胜利。

很多人认为刘备攻打东吴是错误的决定，其实不然，因为当时吴国也岌岌可危，况且荆州已经被吴国占领，既然吴国单方面撕毁盟约，那么刘备进攻吴国无可厚非，只是最后刘备输了，但不代表他的决策有问题。隆中对策也一样，占领荆州然后攻克益州的战略绝对是上上之选，只不过，在执行的时候遇到了强大的阻力。

“智取生辰纲”展现了怎样的智力角逐

《水浒传》中，“智取生辰纲”跌宕起伏的情节，扣人心弦的变化，令人不禁拍案叫绝。尽管智取生辰纲的主谋是晁盖，但战略战术是吴用一手策划的，而这次行动也是按照吴用的安排进行的，在抢劫生辰纲之前，吴用就已经想到事情败露后逃亡梁山泊。这是一个相当周密的计划，充分展示了众人的勇气和智慧。

在最初刘唐告诉晁盖生辰纲一事时，晁盖非常心动，但面临的最大问题是缺少人手，因为他探知押送生辰纲的人是杨志，而且杨志带了许多训练有素的士兵，不要说力夺了，以晁盖现有的力量，即便是智取也是难上加难，恰在此时，吴用适时出现解决了难题。他想去石碣村找“阮氏三雄”帮助，但他并不明说，而是先向“阮氏三雄”索要大鱼，但他们拿不出大鱼，这让他们感到自尊心受到损害，意识到依靠目前他们的营生可能要穷一辈子。而吴用在时机成熟的时候，一步步地将他们引导到大碗喝酒、大块吃肉的层面上，最后轻松说服他们入伙。

接下来就是路线的规划问题。公孙胜带来了杨志要经过黄泥岗的消息，吴用建议众人装扮成贩卖枣子的商人，一来为掩人耳目，二来推枣子需要用车，这就解决了生辰纲到手后的搬运问题。而且，黄泥岗人烟稀少，逃走相当容易。况且，杨志等人到达黄泥岗的时候必然会人困马乏，正好利于行动。所以，吴用所制定的战略规划绝对是最优的。

不过，杨志也非全然没有章法，他让押送生辰纲的兵将“辰牌起身，申时便歇”，即推迟每天动身的时间提早休息的时间，天蒙蒙亮就动身，他逼迫将士们顶着烈日行军，因为夜间前进很容易受到强盗的偷袭。而且，杨志选择了一条偏僻的山路行走，这是一条连强盗都不愿意行走的艰难路径。这些措施都没有错，错就错在杨志没有协调好自己与老都管和虞候的关系，因为天气炎热，士兵们肩上的担子又重，加上山路难行，使得他们苦不堪言，而杨志对待士兵又不讲究方法，只是一味谩骂和鞭打，而老都管和虞候的阻挠使得杨志无法阻止士兵们在黄泥岗松林里休息，这是杨志失算的地方。

在黄泥岗采取行动时，吴用的安排也非常巧妙，他让白日鼠白胜充当酒贩，因为白胜生性胆小，做事鲁莽，但就是这种人使杨志放松了警惕，自然而然地把他同杀人越货的强盗区分开来。其次，吴用特意让白胜把酒价提高，让杨志认为他只是为了赚钱，使杨志放松警惕。最后，吴用又让白胜坚决不卖酒给杨志一行人，如此再三，使杨志坚信白胜不是有志劫生辰纲的歹人，这才使一向小心谨慎的他受骗而喝下放有蒙汗药的米酒。

在劫生辰纲的过程中，杨志和吴用等人一直都在斗智斗勇，但不是明刀明枪，更没有经过激烈的打斗。在将士买酒和杨志阻止买酒的斗争中，如果杨志劝阻成功，劫生辰纲的行动就宣告失败。幸运的是，晁盖、吴用等人技高一筹，不仅掩饰得好，而且摸透了杨志的心理，这才取得了最后的胜利。

在安排成功劫生辰纲的后续行动时，吴用的计划更为周详。他早就算好了东窗事发后的逃生路线，即利用石碣村的地形以及“阮氏三雄”的水上本领，从水路逃到梁山泊，而到了梁山泊之后，吴用又巧妙用计使林冲和王伦火并，这为晁盖当上梁山泊的头领提供了很大的可能性。

第六章

礼法伦理：四大名著反映出哪些人文社会伦理

《礼记·乐记》中说：“凡音者，生于人心者也；乐者，通伦理者也。”中国古代的人非常注重礼法伦理。四大名著，每部都代表一个时代，每一个时代都有人们普遍认同的价值观。因而，我们可以从这几部书中所表现出来的礼法伦理，研究当时的社会和人文形态。

例如，《三国演义》中，忠君思想体现得最为突出，几乎整部书都在弘扬这种精神，关羽更是被后人当成了忠义的典范，这其中既有个人原因，也与当时时代的普遍价值观有关系。《水浒传》中，有很多人痛恨宋江招安，实际上，他的这种行为也具有深刻的价值观念，绝对不是盲目的行为，而是深思熟虑之后的最优化结论。而《红楼梦》中，曹雪芹则像是一个封建腐朽礼法的揭露者，他用贾宝玉和林黛玉的爱情悲剧，暗示明清时代礼法伦理的不切实际与泯灭人心。

“宝黛”爱情为什么会以悲剧收场

中国各类古典小说中，通过描写和宣扬爱情体现反封建题材的故事数不胜数，《红楼梦》是其中的佼佼者。《红楼梦》的杰出之处在于既不是单纯地描述“宝黛”之间的爱情，也不是单纯地揭露封建礼教对爱情的束缚，通过表现主人公从生活道路到整个伦理价值观和封建制度的矛盾冲突，揭示了封建社会必然败亡的命运，以及贾宝玉和林黛玉必然悲剧的爱情结局。那么，小说中“宝黛”爱情以悲剧收场的具体原因是什么呢？

首先，我们来分析贾宝玉的家庭背景。人的命运和生活环境是密不可分的，贾府虽然属于名门望族，但冷子兴说出了本质：“一代不如一代妙。”在第五回中，警幻仙姑受贾宝玉的祖宗之托，提醒贾宝玉要“留意孔孟之间，委身于经济之道”。但是，贾宝玉辜负了仙姑的一番好意，这里就预示着贾宝玉终究不会按照符合当时社会制度的方式走完人生道路。

对于贾家来说，贾政费尽心思培养贾宝玉，希望他将来可以光宗耀祖，使贾家已经衰败的事业振兴起来。但是，贾宝玉偏偏不是这样一个人，他有强烈的叛逆思想，对于中举和做官没有任何兴趣，把那些勤奋读书的人大肆贬低，视仕途如粪土，这种思想在当时很容易被看作是异类。

而《红楼梦》中的“宝黛”爱情，并不是完全来自异性相吸，而是包含着深刻的社会文化。曹雪芹从封建统治阶级的盛衰走向为轴，将“宝黛”爱情的产生、发展和结局，同这个封建大家族从兴盛走向没落紧密地结合在一起。这是《红楼梦》爱情描写的一个显著特点，也是很多描写爱情的小说达不到的高度。

叛逆思想、爱情和封建统治的腐朽共同交织在“宝黛”爱情之中，这种爱情是封建社会各种尖锐矛盾的产物，而它的悲剧则预示着封建制度必然灭亡的结局。贾宝玉的叛逆决定了他誓与封建势力对抗到底，这个可怜的少爷除了在一些纯情的女子身上找到心灵寄托外，还需要有个支持他的红颜知己，而林黛玉就是他的最佳人选，因为他们有着共同的世界观，都不想被封建礼教束缚，可以用“心有灵犀一点通”来形容。

贾宝玉的眼光确实独到，他所看中的林黛玉的确比一般的女子要超凡脱俗，她对于“女子无才便是德”的规则并不认同，喜欢读书写诗，喜欢看《牡丹亭》和《西厢记》这些被封建卫道者称为“邪书”的读物。更为重要的是，她从来不鼓励贾宝玉追求功名。在她的身上，没有一点封建贵族的气息，这种思想上的一致是“宝黛”爱情最坚实的基础。在小说中，薛宝钗喜欢和贾宝玉谈仕途，但林黛玉从来不谈这些，这使他们的爱情更加纯洁，是两个叛逆灵魂之间的共鸣。

我们对“宝黛”爱情的认可，主要是因为它其中包含的反封建的叛逆思想。正是由于这种在当时社会少有的叛逆思想，使他们不能在封建家长为他们安排的道路上行走。只要是违反他们思想和意识的，他们绝对不会听命。《西厢记》和《牡丹亭》中的男女主角都顺应了封建统治者的利益，最后得到统治阶级的认可。但“宝黛”爱情恰恰相反，“宝黛”爱情是以反对高中举人和夫贵妻荣为原则的，这种爱情显然充满了新时代的气息。

不过，“宝黛”爱情受到强大的阻碍也有其必然性。贾宝玉是一个连生活自理都成问题的贵族公子哥，而给他提供优质生活的恰恰就是封建统治阶级，贾宝玉此举有种“端起碗吃肉，放下碗骂娘”的感觉。所以，他们反封建注定是无法彻底的，内心必然充满痛苦的挣扎，爱情则蒙着一层感伤。在今天的眼光来看，他们的生活是空虚的，贾宝玉唯一的理想就是和姐妹们玩耍，和黛玉厮守终生。但是，在那个时代看来，他们表达爱情的方式是先进的，代表了一种自由主义的恋爱观。其爱情中的叛逆思想注定与封建制度发生严重的分歧，是对封建礼法的一种蔑视，这为当时还非常强大的封建统治者所不容。所以，“宝黛”爱情的悲剧结局早就注定了，它在封建势力的层层压迫之下艰难地发展，最后走向了灭亡。曹雪芹早在前八十回就已经从侧面暗喻了这个悲剧结局，后八十回的作者即便不是曹雪芹，估计也看到了原作者的用意。

封建卫道者为了维护礼法伦理，不顾宝玉的痛苦而置黛玉于死地，并极力撮合贾宝玉和薛宝钗的婚姻。薛宝钗也出自名门望族，两人门当户对，联姻就相当于强强联合，而且薛宝钗代表了封建统治者的利益，只有她才可能劝导贾宝玉重新走上仕途，返回封建主义的“正道”。既然当时普遍的价值观是倾向于薛宝钗的，那么，林黛玉必然要受到排挤和打压。

很多人认为，“宝黛”爱情以悲剧收场的直接原因就是林黛玉的死，如果林黛玉还活着，只要贾宝玉坚持，他们两个或许还有希望，所以他们认为罪魁祸首就是那个用调包计拆散“宝黛”爱情的王熙凤，或者是王夫人、贾政、贾母。其实，造成“宝黛”爱情悲剧的根本不是一个人或几个人，而是一个阶层。

《红楼梦》告诉大家，结婚在封建社会就是一种政治行为，是一种借助婚姻来扩大自己实力的机会，所以，超越阶级的爱情是根本不可能长久的。“宝黛”爱情的悲剧，表面上看是封建卫道者的胜利，实际上却寓意着他们的衰亡，因为在他们的破坏下，黛玉饮恨而终，而宝玉则终生生活在痛苦之中，礼法伦理没有给两个真心相爱的人带来幸福，反而是无尽的遗憾，这是封建统治崩溃的开端。

《红楼梦》里爱情和政治的关系是怎样的

曾经有很多人认为,《红楼梦》并不是写情的，而是以情为引来讨论政治，用爱情来掩盖政治主题。其实，这并不完全正确。曹雪芹写爱情的时候掺杂政治和阶级的内容正是反映了社会现实，是承认爱情与一定的阶级利益相联系的事实。

小说中的所有爱情故事并不是其主线，这部伟大的作品所要展现的，是一种极为广阔的社会生活画面。只不过，爱情的内容跟作品的其他内容相互关联，互相依存。所以，曹雪芹并不是简单孤立地描写一两个爱情故事，而是以此为时间轴，多方面地体现封建社会的本来面貌，揭露出种种错综复杂的社会矛盾。《红楼梦》非常完整地体现了社会生活，从世界观的角度上描写宝黛的思想性格特点和最终结局，这是《红楼梦》描写爱情的一个重要特点。

《红楼梦》的另一个重要特点就是能够从阶级的内在联系出发去认识生活，这就使《红楼梦》的现实主义更加深刻。所以，只看到生活的表象而看不到内在关系的人，不可能真正了解《红楼梦》的深刻内涵。

曾经有很多红学家否认贾宝玉是因为跟林黛玉谈恋爱而挨打，从而否定这一情节跟爱情悲剧的关系。其实，我们应该辩证地看待这件事。宝玉挨打正好是各种矛盾冲突的综合性大爆发，其中有爱情原因、阶级原因和隐藏原因。确切地说，矛盾冲突的双方就是封建叛逆者与封建卫道者。

在这场被激化的矛盾中，真正和贾宝玉一条心的不是在关键时刻让贾政住手的贾母，不是心疼得死去活来的王夫人，不是一向对宝玉温柔体贴的薛宝钗，更不是那个对宝玉充满爱怜之情的丫头袭人，而是那个和宝玉有着相同的人生观与价值观、默默爱着宝玉的林姑娘。宝玉被打之后，林黛玉前去探伤，半天的时间，只有哭泣，所以她才说出那句简短但意味深长的话："你从此可都改了吧！"

这句话并没有给宝玉指出明路，也没有告诉他错在什么地方，因为只有林黛玉知道，贾宝玉并没有错，错的只是腐朽的封建思想，她就是用这样一种独特的方式，将她的心给了宝玉，给了他巨大的安慰与支持。在林黛玉面前，贾宝玉也敞开了心扉，说出了那句"我便为这些人死了，也是情愿的"，改变了自己誓不悔改的决心。这件事既推动了封建叛逆者与卫道者之间矛盾的升级，又促进了贾宝玉和林黛玉叛逆爱情的深化。

曹雪芹写贾宝玉挨打，不仅仅体现了爱情主题，更重要的是他展现了一个处于新旧交替的时代，只有在这个时代环境中才能出现像贾宝玉和林黛玉这种向封建礼教宣战的叛逆式人物，才能够产生这样的悲剧性结局。

《红楼梦》所描写的生活状态，看似杂乱无章，实际上是曹雪芹高度概括后所塑造的典型案例。小说中的各类生活现象，彼此间存在着深刻而密切的联系，共同构成一个有机的整体。我们试想一下，全书如果没有王熙凤、薛蟠、贾蓉和贾雨村等人物所体现出来的贪婪与自私，没有金钏、晴雯、鸳鸯、司棋、香菱等人的悲惨境遇，没有贾政那样的封建卫道者站出来打压叛逆者，没有荣国府和宁国府数以百计的各色人物的衬托，就不会建立起一幅充满立体感的封建社会生活画面。

总之，没有全书这些复杂多变的内容，就没有“宝黛”的爱情悲剧；如果没有“宝黛”的爱情悲剧，小说所表达的反封建思想将会大大削弱。

既然刘禅是“扶不起的阿斗”，为什么诸葛亮还一直尽心辅佐

《三国演义》中，刘备临死时将刘禅托付给诸葛亮照顾，并告诉诸葛亮，如果刘禅不是帝王之才，诸葛亮可以取而代之，而诸葛亮却当众表态，表示一定会尽心辅佐刘禅，至死不渝。这件事在《三国志·蜀书·诸葛亮传》中得到了证实，原文是：

章武三年（223 年）春，先主于永安病笃，召亮于成都，属以后事，谓亮曰："君才十倍曹丕，必能安国，终定大事。若嗣子可辅，辅之；如其不才，君可自取。"亮涕泣曰："臣敢竭股肱之力，效忠贞之节，继之以死！"先主又为诏敕后主曰："汝与丞相从事，事之如父。"

这段对话一直被世人所津津乐道，被称为表现君臣之间相互信任肝胆相照的“白帝托孤”。但是，这件事给世人留下了很多疑问，既然刘禅是“扶不起的阿斗”，为什么诸葛亮还一直坚定不移地辅佐刘禅，没有取而代之呢？

首先，诸葛亮在主观上并没有取而代之的想法。按照诸葛亮当时的地位与势力，篡位并不是不可能成功，反而有极大概

率会成功。与他同时代的董卓、曹操、司马昭等人，都曾经靠着自己的权势蔑视皇权甚至左右皇帝的废立，他们的欲望不断膨胀，最后的结果就是他们或者他们的子孙篡得王位，但是，诸葛亮根本连第一步都没有做。

当时的蜀国，诸葛亮、法正、李严和刘巴等人组成了一个强大的朝中利益集团，吴懿、吴班也曾经追随诸葛亮南征北战，仍然算诸葛亮的嫡系，而刘禅所在派系的縻竺等人，根本没有多少实力能和诸葛亮集团抗衡，至于张飞的家族，虽然与刘备关系甚密，但非名门出身，在朝中没有多少发言权，其他诸如张绍、马岱等人，根本就只能依附于诸葛亮的麾下，总之，诸葛亮完全有篡位的能力。

而且，史书上对于刘禅的评价并不高。他虽然不像很多人认为的那样“扶不起”，但也谈不上有雄才大略，他看上去只是一个毫无特点的普通帝王。而刘备也评价刘禅“审能如此，吾复何忧”，大意是说刘备认为刘禅勉勉强强，若能超出他的期望，也就没有什么可担忧的了。

诸葛亮没有行篡位之事，主要因为他主观上没有这种想法。诸葛亮早年就给自己定下了重要的人生规划，将自己比喻成管仲和乐毅，这两位都是建功立业的良臣名将，穷其一生都在辅佐君主。既然诸葛亮不想违背自己的理想，他也就不可能做越俎代庖之事。而且，诸葛亮本身对品德要求特别高，从他物色人才时提出的“德才兼备”就可以看出，这和曹操的“唯才是举”有着本质的不同。另外，刘备的蜀汉集团总体来说是非常重视道德的，这和刘备的作风以及他匡扶汉室、上报天地、下安黎民的理想是分不开的，而诸葛亮能得到刘备的赏识和器重，除了能力方面的原因外，还与他的道德素养密切相关。

当然，诸葛亮不是圣人，在权力面前，谁都有可能迷失自我。诸葛亮对于刘禅的辅佐，也可能只是特殊形势下的产物，如果形势变了，诸葛亮的思想和行为极有可能跟着改变。就像曾经的"治世之能臣"曹操，在早年的时候敢于刺杀国贼董卓，可以说是大汉的英雄人物，但后来，他成为"挟天子以令诸侯"的奸雄。

所以，诸葛亮选择辅佐刘禅的另外一个原因就是篡权名不正言不顺，即不合乎礼法。在当时，任何企图颠覆汉室政权的行为都会被世人认为是大逆不道之举，刘备当年征战天下的时候靠的也是"中山靖王刘胜之后，汉景帝阁下玄孙"这个称号，因为只有这样，刘备才代表了皇室正统，才有招贤纳士、征战群雄的资格。另外，即便是曹操势力强横的时候，也不敢无理由讨伐各路诸侯，而是打着天子的旗号，逼迫皇帝写一份诏书才敢大杀四方，而反抗曹操讨伐的诸侯也很聪明，他们选择伪造一份密诏，写上皇帝敢怒不敢言的话，并声称自己是奉皇帝的密诏反抗讨伐，并以此指责曹操的讨伐是不正确的。因此，东汉末年的军阀混战都是披着维护汉室的外衣。

刘备的蜀汉政权建立之后，大家都围绕着匡扶汉室这一根本理想而奋斗。刘备死后大家之所以服从诸葛亮的领导，在很大程度上是因为诸葛亮继承了刘备的遗志，他是刘备生前最信任的人。如果诸葛亮取代刘禅，那匡扶汉室的理想就成了一句空话，诸葛亮就成为有负先主所托，颠覆汉室政权的逆贼，会招来一片骂声。

在中国历史上，有人能成功夺权，不是因为他功高盖主树立了巨大的威望，就是因为人们对先前君主的政策不满意，产生了变革的想法，但这两种情况在诸葛亮身上都不成立。首先，诸葛亮辅佐刘禅的十一年间，虽然是一人之下万人之上，但并没有什么巨大的功劳，在对阵司马懿的过程中也明显吃力，六出祁山也没有取得良好的效果，还导致了“蜀中无大将，廖化作先锋”的尴尬局面。其次，诸葛亮的主公刘备深得民心，在治理国家方面也是颇有建树，根本不可能导致部下或百姓的深度不满。所以，诸葛亮即便是有心废立，也很难得到大多数人的支持。

最后一个原因就是刘禅并没有大家想象中的那么迂腐，而是相当有智慧。当年刘备白帝城托孤之后，一切大权都掌握在诸葛亮的手里，刘禅肯定知道，诸葛亮随时都有机会给他安个罪名然后取而代之，所以他一直不动声色，既不表现自己，也不做出格的事情让人抓住把柄，刘禅就这样小心翼翼地和诸葛亮和平共处了几十年。

诸葛亮死后，刘禅终于可以大权在握，很多人劝他励精图治，光复汉室，将国都迁走后与吴国联合，共同对抗强大的司马氏政权。但刘禅没有这么做，因为他知道，那些臣子只是急功近利地想表现自己多么爱国，而在实际战略和战术上，蜀国上下没有一个人能提出良好的建议。而且，吴国当时已经不复当年强大，与吴国联合对抗司马氏仍然是以卵击石。所以刘禅选择投降，这样可以使百姓免受战乱之苦。

刘禅投降之后，司马昭其实有杀他之心，但又恐别人说三道四，最终，他决定试探刘禅，如果刘禅确实没有雄心壮志，则放过他。而聪明的刘禅早就看出了这一点，所以他处处在司马昭面前表现出“乐不思蜀”，使司马昭误以为他是一个没心没肺、只知道贪图享乐的人，其实，这只是他故意表现出来的。刘禅的聪明诸葛亮不可能不知道，而且，这位“相父”如果真想算计刘禅，也并不是件容易的事情。

宋江为什么主张招安

宋江招安有着深层次的原因，我们首先从北宋的经济状况说起。

宋江出生于北宋末年，当时朝廷统治日益腐朽，北方的游牧民族正处于蒸蒸日上的强盛时期，女真族已经完全有实力向南方扩展，这预示着北宋政权岌岌可危。同时，北宋农民起义频繁，李顺、王小波、宋江、方腊等揭竿而起，不是因为苛政猛于虎，也不是像东汉末年那样因发生大饥荒而引起暴动，而是事出偶然。如被逼上梁山的好汉当中，每个人原因均不同：宋江是因为误杀阎婆惜背上了人命官司，卢俊义是因为中了吴用的计谋被诓上山，晁盖、吴用、“阮氏三雄”等是因为劫了生辰纲犯下死罪，林冲是因受高俅的陷害……

这说明一个问题：在当时的历史环境下，梁山好汉大多不是因为经济窘迫吃不上饭才被逼上梁山、誓与朝廷为敌，他们对于朝廷并没有多大的仇恨，只是看不惯某些社会阴暗面而已。在梁山的这段时间里，他们每天过着提心吊胆的日子，这使很多人怀念以前安稳富足的生活。而且，宋江非常清楚，众兄弟的力量根本无法与强大的朝廷对抗，还要时刻背负着“反贼”的骂名，可以说是得不偿失。因此，并不是宋江逼着大家去招安，而是梁山众好汉骨子里本来就认同招安，宋江只不过吐露了大多数人的心声罢了。

从宋江本人来分析，他以前的日子过得相当不错，既有一官半职，也有余钱可仗义疏财，到梁山之后也衣食无忧。经济基础决定上层建筑。对老百姓来说，谁也不会在安居乐业的时候造反，但民不聊生之时就会发动暴乱，如大泽乡起义中的口号“王侯将相宁有种乎”，钟相、杨幺起义的口号“等贵贱，均贫富”，太平天国的口号“无处不均匀，无人不温饱”，都表达了人们对经济上获得平等对待的强烈愿望。事实上，宋朝在世界上的成就并不低，无论是政治、经济、文化还是科技，都达到了鼎盛水平，其中经济尤为突出。有史学家分析，中国历史上经济繁荣的第一个时期是秦汉，被称为“盐铁时代”；第二个时期是唐宋，被称为“茶盐时代”；第三个时期在明清，被称为“粮棉时代”。由此可见，在宋代，人们关注的焦点已经从实现温饱转移到提高生活质量方面，这是一个巨大的突破。

据史书记载，宋朝普通农民已能够自给自足，每年还能有不少盈余，所以，宋朝的农民起义并不是为了生存，而是为了生存之外的东西，如利益、名誉、个人恩怨等等。宋朝的农民起义一般规模都不大，而且凝聚力也不强，往往在很短的时间内就宣告失败，另外，这些起义的发起人也没有为起义选择一个理论基础，往往是先图个痛快，或者编造一些怪力乱神的东西愚弄大家。例如，王小波起义中，王小波是一个茶贩，起义的原因则是茶税的纠纷。

此外，宋朝并没有严格执行重农抑商的政策，而是实行“恤商”政策，这使得许多富商大贾迅速发展起来，社会贫富差距加大。蔡京当政的时候，推行聚敛政策，对于商人的既得利益进行剥削，这其实也是梁山起义的一个重要原因。所以，宋江等人造反的源头并不是温饱问题，而是在经济危机下对现实的一种不满，这样的起义注定没有广泛的群众基础，也不会有大批农民参与进来。

在宋江起义的成员中，很多人在经济上并没有走入绝境，他们在骨子里是不想反抗的，也认为没有造反的必要，甚至有一部分人在梁山的生活质量还大不如以前，他们认为自己的悲惨遭遇是高俅、童贯等贪官污吏造成的，而皇帝仍然是体恤臣民的。这些都表明宋朝气数未尽，宋江招安也是理所应当，顺应形势的。

为什么关羽誓死效忠刘备

在《三国演义》中，我们会发现这样一个特点：刘备手下的将领大多忠心耿耿，曹操和孙权的将领虽然也忠肝义胆，但忠诚程度比起刘备军来则稍显不足。尤其是刘备的大将关羽，可以说是誓死跟随，绝无二心。例如，曹操在攻打徐州的时候，刘备军战败，关羽被曹操围困在土山之上，当张辽来劝降时，关羽提出三个要求："一者，吾与皇叔设誓，共扶汉室，吾今只降汉帝，不降曹操；二者，二嫂处请给皇叔俸禄养赡，一应上下人等，皆不许到门；三者，但知刘皇叔去向，不管千里万里，便当辞去。"从这三个要求我们便可以看出关羽对刘备的忠诚。那么，是什么支撑关羽誓死效忠呢？

忠君思想是核心。忠君思想由孔子提出，但并非起源于儒家，私有制存在后便形成了。以《诗经》为例，《诗经》中记载了许多士兵与君主同仇敌忾、救民爱国的诗句。到了春秋战国时期，忠君思想被社会普遍认可，国家的凝聚力进一步增强，《论语·季氏将伐颛臾》就记载了孔子教导弟子们忠君爱国的典故。那么，忠君究竟是一种怎样的思想呢？

忠君其实就是一种责任行为，简单来说就是对帝王的忠诚。在封建社会，一国之君代表着权威，也是一个国家存在的象征。所以，有才能的人必须辅佐君王来治理天下，这样才能算真正实现个人抱负。

而实际上，忠君只是一种寄托，因为那时候讲究君民一心，真正意义上的忠君就是忠民。而且，一个贤明的君主是爱民的，他身边的臣子如果为民谋利，以万民为重，那就等同于忠君。所以，真正的忠君并不是考虑君主的全部利益，而是考虑是否是万民的意愿。

桃园结义后，刘备、关羽、张飞三人虽然有结义兄弟的情意在，但更多的还是君臣之谊。关羽对刘备忠心也是因为刘备爱民如子，他从最初担任平原县令就废除苛捐重税，不取民众一丝一毫，被曹操追赶的时候又携民渡江，取得西川之后也励精图治，发展经济，深得百姓爱戴。这些事情关羽都看在眼里，所以他才会对刘备死心塌地，终其一生遵守“桃园誓言”。

反观曹操与陈宫的关系，情况就大不一样了。当年曹操刺杀董卓失败逃跑，而县令陈宫在得知曹操的义举后，竟然放弃县令不做，誓要追随曹操，原因很简单，曹操刺杀的是国贼董卓，从一定意义上是为了天下百姓，陈宫忠于曹操，在某种意义上就是忠于万民。但是，后来陈宫的思想又发生了变化，因为曹操残忍地杀害了其父好友吕伯奢一家，这让陈宫觉得曹操自私、残忍、无情，认为纵然辅佐他成立霸业，他也会野心膨胀，成为残暴的君主，所以陈宫最后毅然离开曹操，投奔了吕布。

另外，刘备是汉室正统，汉高祖刘邦当年对抗暴秦打下了江山，而东汉也是光武帝刘秀所建。在人民的心目中，天子姓刘，只有刘氏宗亲才有资格成就宏图伟业，而其他人的功劳再大，也只能作为臣子。所以，他死心塌地跟随刘备的另一个原因还在于刘备祖先的功劳。

第七章

信仰文化：儒释道对明清小说有何影响

信仰是一个永恒的话题。在中国，儒释道三大信仰影响力很大，而四大名著中的《红楼梦》和《西游记》，充分阐释了儒释道精神。《红楼梦》就是以儒家思想为核心，以佛道思想为辅助展开的。《西游记》对佛道理论进行阐述，以神仙与佛祖的对话和行为来体现主旨。

玉皇大帝与如来佛谁大

某高校的一次单招考试中，曾有这道试题：“玉帝与如来佛，谁大？”这道试题被众人议论。答案也是仁者见仁，智者见智。那么，这一道题目究竟有没有讨论的必要，是否有明确的答案呢？

在解答这个问题之前，我们首先应该弄明白两个概念，一是“大小”的具体含义，二是玉皇大帝和如来佛的真实身份。“大”的普遍含义是指体积、数量、面积、强度等方面超过其所比较的对象，如“排行第一”和“年纪大的人”。不过我们很容易理解，玉皇大帝和如来佛祖的大小并不是比年龄，更不是比体积、面积、数量、力量、强度，而是专门比“权力的大小”，用通俗的话来说，就是比谁的“官”更大。

要分析玉皇大帝和如来佛祖的身份问题，我们首先介绍一下道教和佛教的背景。道教是中国本土的宗教，形成于东汉，盛行于南北朝。而佛教起源于天竺，传入中国后被汉化。在中国历代的王朝中，儒释道三者的地位有很大不同。唐朝开国之时“尊道抑佛”，因为道家鼻祖为老子，老子的名字叫李耳，其姓氏和唐朝开国皇帝的姓氏相同。到了唐太宗后期，因为唐僧西行取经的巨大功劳，唐太宗意识到佛教对于维护统治的作用，于是开始“尊佛抑道”，佛教也逐步被统治者改造，成为我国文化遗产的重要组成部分。

道教与佛教的最根本区别在于“道曰今生，佛说来世”。道家重今生，修炼成功的第一步即长生不老，在今世就可以羽化成仙，不死不灭；而佛教总是劝世人忍耐，讲究因果循环，让人们把希望寄托在来世。

在道教所描述的世界中，“三清”象征自然太为，是宇宙万物的创造者，即元始天尊、灵宝天尊、道德天尊。但在《西游记》中，吴承恩创造出了一个“行政首领”玉皇大帝，和道家供奉的元始天尊、灵宝天尊、道德天尊之类的精神领袖不一样，玉皇大帝属于道教天界尊神中辅佐三清道祖的四位圣尊之一，实际负责管理宇宙万象，运作统率天地。

在《西游记》中，吴承恩勾画了一个独特的体系。玉帝有着无上的权力，但是自身能力非常有限，每当遇到困难的时候，就先通过发号施令，调动自己的嫡系天兵天将。当天兵天将束手无策的时候，玉帝就只能求助于各路神仙，这些神仙有道教的也有佛教的。而在各路神仙中，如来佛的本领理论上是最高强的，这也符合《西游记》的价值观“尊佛抑道”。

《西游记》讲述了唐僧西天取经的故事，实际上也描述了孙悟空从道家散仙修成“斗战胜佛”的过程。佛语有云：“放下屠刀，立地成佛。”而道家讲究法术神通，多以斗法定胜负。菩提祖师属于道家，他的徒弟孙悟空自然也属于道家弟子。孙悟空最后获得的“斗战胜佛”称号颇有玄机，倒过来念就是“佛胜战斗”，即再高强的法力，也比不上佛法。所以，孙悟空本领再大，也逃不出如来佛的手掌心。

玉帝大帝和如来佛祖本身属于不同体系的存在，仅用《西游记》的故事来判断谁大显得片面了一些。

《西游记》中菩提祖师的真实身份是什么

《西游记》里孙悟空的师傅菩提祖师，是一个逍遥自在的神仙。孙悟空当年在菩提祖师那里只修炼了 7 年道法、学习了 3 年武艺就有能力大闹天宫，众多修炼成百上千年的天兵天将都不是他的对手，骄人的战绩让很多人对他的师傅菩提祖师产生了兴趣。那么此人究竟是谁？为何如此神通广大？在《西游记》中是否留下表明其身份的蛛丝马迹呢？

我们先来分析一下菩提祖师的所在地。他隐居的地方在西牛贺洲，全名叫“灵台方寸山斜月三星洞”。“灵台方寸山”取第一个字和最后一个字就是“灵山”,“斜月三星”乃天上的宝物，暗喻“天空”，把它们组合起来表示就是“天上灵山”。而小说中如来佛祖所居之地就是西牛贺洲“天竺灵山”的大雷音寺内。一个是“天上灵山”，另一个是“天竺灵山”，这两座山的名字如此相似，是一种巧合吗？菩提祖师与如来佛祖会不会有什么联系呢？

当孙悟空第一次见到菩提祖师时，小说是这样描述的：“见那菩提祖师端坐在台上，两边有三十个小仙侍立台下。果然是：

大觉金仙没垢姿，西方妙相祖菩提；不生不灭三三行，全气全神万万慈。”从形象上我们可以推测出，菩提祖师是一位来自西方的尊者，而菩提也是西方佛教的象征，由此推断菩提祖师和佛教有着千丝万缕的联系。如果他属于佛教，为何会有道家的神通呢？又为何对道教文化了如指掌呢？如果属于道教，为什么又有“西方妙相祖菩提”的说法呢？或许我们可以从另一本小说《封神演义》中找到答案。

在《西游记》中，我们的确很难破解菩提祖师的身份之谜。但我们了解到，《西游记》里的人物与《封神演义》中的角色具有密切的联系。在《西游记》中，菩提祖师给我们的感觉是身兼佛道两种文化。而在《封神演义》中，恰恰存在一个佛道融合的宗教——西方教。这个西方教似佛非佛，似道非道。教中有两位教主接引道人和准提道人，法力非常强大，他们曾经帮助太上老君和元始天尊攻破了通天教主布下的“诛仙阵”和“万仙阵”，其实力绝不逊色于当时佛教和道教的任何高手，是《封神演义》中的绝顶高手。

接引道人住在西方极乐净土，身高丈六，面色蜡黄。这不禁让我们想起了《西游记》中已经修炼成丈六金身的如来佛祖。二人的相貌可以说非常相似，并且同时掌管西方极乐净土。那么，他们是否是同一个人呢？那就让我们看看《封神演义》和《西游记》中对这两位角色的描述。

《封神演义》第七十八回写道：

接引道人如准提道人之言，同往东土而来。只见足踏祥云，霎时而至芦篷。广成子来禀老子与元始曰："西方二位尊师至矣。"老子与元始率领众门人下篷来迎接。见一道人，身高丈六。但见：大仙赤脚枣梨香，足踏祥云更异常；十二莲台演法宝，八德池边现白光。寿同天地言非谬，福比洪波语岂狂；修成舍利名胎息，清闲极乐是西方。话说老子与元始迎接接引、准提上了芦蓬，打稽首，坐下。

此外，《封神演义》写接引道人破解诛仙阵的过程时，出现了这么一句话："接引道人顶上现出三颗舍利子，射住了戮仙剑。那剑如钉钉一般，如何下来得。西方教主进了戮仙门，至戮仙阙立住。"

《西游记》第七回对如来的描述是这样的：

只见赤脚大仙又至。向玉帝前俯囟礼毕，又对佛祖谢道："深感法力，降伏妖猴。无物可以表敬，特具交梨二颗，火枣数枚奉献。"诗曰：大仙赤脚枣梨香，敬献弥陀寿算长。七宝莲台山样稳，千金花座锦般妆。寿同天地言非谬，福比洪波话岂狂。福寿如期真个是，清闲极乐那西方。如来又称谢了。叫阿傩、迦叶，将各所献之物，一一收起，方向玉帝前谢宴。

诸多信息表明，接引道人就是如来佛祖，《封神演义》中的西方教就是佛教的前身。下面，我们再来对比一下准提道人和菩提祖师。

《封神演义》原文是：

文殊广法天尊听得脑后有人叫曰："道兄剑下留人！"广法天尊回顾，认不得此人是谁；头绾双髻，身穿道袍，面黄微须，道人曰："稽首了！"广法天尊答礼，口称："道友何处来，有甚事见谕？"道人曰："原来道兄认不得我，吾有一律，说出便知端的。诗曰：大觉金仙不二时。西方妙法祖菩提；不生不灭三三行，全气全神万万慈。空寂自然随变化，真如本性任为之；与天同寿庄严体，历劫明心大法师。贫道乃西方教下准提道人是也。"

这与孙悟空初见菩提祖师时外貌描述惊人的相似。而且，根据《封神演义》中对准提道人性格的描述，我们可以得知他有很多次来到东土度化有缘人成仙成佛，这说明他对东方道教相当了解。而他同时又是西方教的教主之一，对佛学文化自然也有很多的涉猎。

《西游记》中的菩提祖师也和准提道人一样，似佛似道。名字虽然带有"菩提"二字，其法术确实道家神通。这至少可以证明，菩提祖师和西方道教的关系非比寻常。准提道人掌教西方极乐净土，菩提祖师隐居在西牛贺洲，实际上是同一个地方。所以我们推断，菩提祖师其实就是准提道人，只是后来西方教被吸收改造，成为《西游记》中的佛教，接引道人也换掉了原来的名号，自封为如来佛祖统领佛门弟子，而准提道人则改名为菩提祖师，退隐山林，修身养性。他们二人，一个入仕，一个出仕。

在《封神演义》中，接引道人和准提道人是师兄弟关系，两人共同管理西方，但后来，接引道人练成六丈金身，建立佛教，其身份和地位逐渐盖过了准提道人；准提道人则隐居山林，化名为菩提祖师，将自己所在的山命名为“灵台方寸山”，这和如来佛祖的“天竺灵山”相对应，而且，菩提祖师的隐藏本领相当好，除了山中居民，任何人都不知道他的所在地，包括如来佛祖。

《红楼梦》中体现了哪些儒家思想

《红楼梦》中，儒家思想是作为核心思想体现出来的。用小说中冷子兴的话说是“钟鸣鼎食之家，翰墨诗书之族”。这恰当地点出贾府必然会秉承当时的社会主流思想——儒家思想，使其作为整个家族的行为规范。

首先，贾府中贾氏宗祠的匾联及祭祀活动体现了儒家思想。历史上对于宗庙祠堂的记载，主要在《礼记·曲礼下》中：“君子将营宫室，宗庙为先，厩库为次，居室为后。”从这里可以看出，建立宗祠和举办祭祀活动是儒家思想的重要体现。

《红楼梦》第五十三回详细描写了贾府宗庙祭祀活动。在小说中，首先映入薛宝琴眼中的是一块写着“贾氏宗祠”的匾额，旁边写着“衍圣公孔继宗书”，两边有一幅长对联，写着：“肝脑涂地，兆姓赖保育之恩；功名贯天，百代仰蒸尝之盛。”对联也出自衍圣公。其中，孔继宗是孔子后裔，衍圣公则是孔子后裔一直沿用的尊称。仅从这个祠堂的格局设计，我们就可以深切地感受到贾府中所存在的儒家思想根基了。小说接下来只要是涉及过节祭祀的活动，所使用的器皿、祭品、礼仪和礼乐等，都是按照《礼记》中的要求严格执行的。从贾府之中，我们就可以明显地看到当时封建社会的主流思想，人们是将儒家思想作为行为准则的，儒家思想在当时已经上升到体现社会地位、维护社会稳定的位置了。

其次，儒家“孝”的思想贯穿于整部小说，包括尊敬老人、赡养父母和养老送终等。孝在整个儒家思想体系中也享有崇高的地位，有些国学家甚至认为，儒家思想便是以孝为核心的宗教或学派，我国近代伟大的教育家胡适就曾提到“孔子一系的思想演成‘孝’的宗教”。

《红楼梦》中极力推崇“孝”文化。小说第十六回中，曹雪芹借贾琏之口说道：“当今贴体万人之心，世上至大莫如‘孝’字，想来父母儿女之性，皆是一理，不是贵贱上分别的。当今自为日夜侍奉太上皇、皇太后，尚不能略尽孝意，因见宫里嫔妃才人等皆是入宫多年，抛离父母音容，岂有不思想之理？在儿女思想父母，是分所应当。想父母在家，若只管思念儿女，竟不能见，倘因此成疾致病，甚至死亡，皆由朕躬禁锢，不能使其遂天伦之愿，亦大伤天和之事。故启奏太上皇、皇太后，每月逢二六日期，准其椒房眷属入宫请候看视。于是太上皇、皇太后大喜，深赞当今至孝纯仁，体天格物。因此二位老圣人又下旨意，说椒房眷属入宫，未免有国体仪制，母女尚不能惬怀。竟大开方便之恩，特降谕诸椒房贵戚，除二六日入宫之恩外，凡有重宇别院之家，可以驻跸关防之处，不妨启请内廷鸾舆入其私第，庶可略尽骨肉私情、天伦中之至性。”

虽然在正史中并没有妃子可以回家探亲的记载，但曹雪芹创作了一个“世上至大莫如‘孝’字”的故事。无论是元妃回贾府探亲，还是贾母在贾府的绝对权威，抑或是贾宝玉行至贾政门前必须下马，都是在弘扬儒家中的孝道。

再次，小说中的人物所读的书籍多半是儒家经典，贾府所聘请的教书先生所教的内容不是《论语》就是《孟子》，贾宝玉所读的书也基本上都是《四书五经》里面的。小说中贾母问林黛玉读过什么书，林黛玉回答说：“只刚念了《四书》。”贾珠的妻子李纨也曾经说过这样的话：“……故生了李氏时，便不十分令其读书，只不过将些《女四书》《列女传》《贤媛集》等三四种书，使他认得几个字，记得前朝这几个贤女便罢了……”以上这些书，全部都是儒家经典。不仅如此，许多人物的姓名也出自儒家的典籍。如甄士隐，姓甄名费，字士隐，取自《中庸》“君子之道费而隐”；而贾宝玉的“贾”出自《论语·子罕》中的“待贾而沽”，“宝玉”则出自《礼记·玉藻》中的“古之君子必佩玉……君子于玉比德焉”。

曹雪芹虽然在《红楼梦》中大力宣扬儒家文化，但是他在弘扬的同时，又揭示了其中的矛盾之处。例如，在“忠”与“孝”的问题上，就存在着尖锐的矛盾，这从贾元春回家省亲就能看出来。当她回到家准备行家礼的时候，贾母的表现是“跪止不迭”。从这点我们可以看出，“忠”比“孝”要大很多，贾元春的身份让她的母亲和父亲在她面前也要行大礼。而这种思想在探春身上表现得更明显，在封建社会等级观念的影响下，聪明能干的贾探春也将“孝”放弃，她从来不曾叫她的亲生母亲赵姨娘一声娘亲。这些矛盾冲突的刻画淋漓尽致。

另外，曹雪芹在《红楼梦》中，从不同角度描述了封建体制下的婚姻关系，而这些婚姻关系基本都是在父母之命媒妁之言下缔结的，而且，无一不是建立在男尊女卑的思想基础上，在这种“伪儒家”的婚姻制度下，女子的命运非常悲惨，秦可卿、王熙凤和香菱的婚姻悲剧就说明了这个道理。

《红楼梦》还体现了儒家“学而优则仕”的思想。但是，这种思想到了明清时代被扭曲了，统治者们为了维护岌岌可危的封建制度，推行八股取士的科举制，规定考试的题目必须以《四书五经》中的内容为限，而且限定“四书”中的内容必须用朱熹的注释，还规定只准学者“代圣贤立言”，不能发表自己的理论和见解，文章又严格规定为“八股”，这大大限制了作者的发挥，使文章空洞无味，没有任何实用价值。这种科举制度将知识分子的思想禁锢起来，使很多通过科举制度选中的官员思想僵化，统治者从而达到其根本目的。

贾宝玉对这种“八股取士”的制度非常痛恨，他曾说：“更有时文八股一道，因平素深恶此道，原非圣贤之制撰，焉能阐发圣贤之微奥，不过作后人饵名钓禄之阶。”在小说第七十三回中，他把那些死读书不求上进的人称为“禄蠹”，他还认为自己所读的圣贤书都是前人解读不了圣人的著作，便按照自己的意思胡乱杜撰出来的。

为了更进一步揭示“八股取士”的腐朽，曹雪芹在《红楼梦》第七十八回中，将贾宝玉和贾兰进行了比较："他两个虽能诗，较腹中之虚实虽也去宝玉不远，但第一件他两个终是别路，若论举业一道，似高过宝玉，若论杂学，则远不能及；第二件他二人才思滞钝，不及宝玉空灵娟逸，每作诗亦如八股之法，未免拘板庸涩。那宝玉虽不算是个读书人，然亏他天性聪敏，且素喜好些杂书，他自为古人中也有杜撰的，也有误失之处，拘较不得许多；若只管怕前怕后起来，纵堆砌成一篇，也觉得甚无趣味。因心里怀着这个念头，每见一题，不拘难易，他便毫无费力之处，就如世上的流嘴滑舌之人，无风作有，信着伶口俐舌，长篇大论，胡扳乱扯，敷演出一篇话来。虽无稽考，却都说得四座春风。虽有正言厉语之人，亦不得压倒这一种风流去。"通过这样一番对比，我们可以对八股取士制度有一个相对客观的认识。

儒家思想的最终目的是要建立一个"君君臣臣父父子子"的理想社会，这句话原本的意思是：君有君道，臣有臣道，父有父道，子有子道，只要君臣父子都能各行其道，整个社会就会进入一个规范有序的良性循环的轨道。如果一个国家真的进入这种状态，未尝不是一件好事，但统治阶级却片面地强化了臣子的忠和孩子的孝，把君主和父亲应该履行的义务抹杀掉了，成为三纲五常中的"君为臣纲、父为子纲"这种曲解的教义。

值得一提的是，曹雪芹在《红楼梦》中并没有直接揭露腐朽的封建统治，而是通过王熙凤在贾府的专横统治，来影射君主专制制度；用贾宝玉关于“文死谏，武死战”的讽刺，揭露君主的无道和臣子的愚忠；又通过贾雨村的人生经历，依靠潜规则进行断案，以及秦可卿事件来揭示君主专制之下朝廷的腐败、官场的黑暗。在这样的社会大环境下，悲剧必然会不断上演。

佛道思想是如何融入《红楼梦》的

在《红楼梦》中，虽然儒家思想是社会的主流思想，但佛家与道家思想早已深入人心。首先，曹雪芹在《红楼梦》中塑造了一僧一道这两个艺术形象，虽然对此着墨并不是很多，二人在小说中也只是偶尔出现，但这对小说主题的揭示有着非常重要的作用。

“补天济世之材，利物济人之德”是对一僧一道的个人定位。这句话出自小说第一回中，那块被女娲娘娘丢弃的顽石口吐人言，对一僧一道说：“况见二师仙形道体，定非凡品，必有补天济世之材，利物济人之德……”从这里我们可以看出，佛道两教虽然在当时不如儒家兴旺，但它们与儒家的最终目标是一致的，都是“补天济世和利物济人”，这是作者对佛道思想的肯定和支持。

曹雪芹对一僧一道的形象描述也颇有寓意，他们不是癞头跣脚就是跛足蓬头，总是一副疯疯癫癫、落魄穷困的样子。小说中有过专门的描述：“见那和尚是怎的模样：鼻如悬胆两眉长，目似明星蓄宝光，破衲芒鞋无住迹，腌臜更有满头疮。那道人又是怎生模样：一足高来一足低，浑身带水又拖泥。相逢若问家何处，却在蓬莱弱水西。”

一僧一道这种着装随意、自在无拘束的形象充分说明了一点，那就是他们也是来自普普通通的人民群众，真正的能人异士反而显得平易近人。这一点从小说第二回中的一句话就能体现出来：“这女儿两个字，极尊贵、极清净的，比那阿弥陀佛、元始天尊的这两个宝号还更尊荣无对的呢！你们这浊口臭舌，万不可唐突了这两个字，要紧。但凡要说时，必须先用清水香茶漱了口才可，设若失错，便要凿牙穿腮等事。”要弄清楚这句话的真正含义，首先要理解“女儿”的真正含义。笔者认为，“女儿”在曹雪芹笔下所指代的是广大人民群众，所以，作者所要表达的思想就是：只有人民群众才真正称得上是尊贵。这其实是一种民主共和的思想，我们只有懂得这些，才能明白《红楼梦》中所谓的“满纸荒唐言”其实是字字珠玑。

对于“道”来说，不单单是指“道士”和“道教”，还有道家。《红楼梦》处处显露着老庄哲学的智慧，体现了道家的辩证法思想，无论是小说的整体架构还是人物形象的描绘，都是用辩证法的思想来完成的。太虚幻境门前的那副对联“假作真时真亦假，无为有处有还无”，就预示了《红楼梦》需要用辩证法的思想来研究和解读，才能彻底将小说的主旨融会贯通。

另外，曹雪芹在一些关于公道是非的问题或观点上，也都体现了辩证法哲学理论。如通过贾雨村之口所说的“正邪两气论”“以道观之，人无正邪；以物观之，己正而他邪；以俗观之，正邪不在自身”，意思是说如果我们用“道”的视角来看人的话，根本不存在正邪之分；如果站在自身的角度来看的话，每个人都会认为自己是对的，而他人是错的。如果用普遍的社会价值观来看，对错正邪之分并不在自己和他人身上，而在于广大人民群众的心里，众人认为是对那就是对，众人认为是错那就是错。冷子兴看透了这个理论，所以用了“成则王侯败则贼”这七个字，对贾雨村的长篇大论进行了最真实的总结。

除了儒家和道家,《红楼梦》还体现了佛家的“色空”理论，即佛经中“色不异空，空不异色，色即是空，空即是色”。佛教中人和俗世中人，对这个理论的理解各有不同，不同的理解又取决于每个人的不同境界。笔者认为对于色与空的概念，不应该将其复杂化，而是怎么简单怎么理解，反而更容易领悟其中的精神实质。

佛家的“色空”理论其实与道家的“有无”理论所揭示的是同样的道理，都是辩证法哲学思想的直接体现。色即是空中的“空”，就是我们看不见摸不着的物质世界，和“无”一样；而所谓“色”，就是我们看得见摸得着的物质世界，和“有”一样。“空”在一定的条件下会转化成“色”，而“色”在一定的条件下又会转化成“空”。从世界的本质上来说，一切的“色”都来源于“空”，最终还要回归于“空”，所以真正意义上的色与空，其实只是同一个概念，这就是“色空”循环理论。

通过《红楼梦》我们可以了解到，曹雪芹一直都是依靠“色空”理论来安排小说故事情节和整体布局的。正如一僧一道所说："此亦静极思动，无中生有之数也。"这部小说的故事起源于"空"，最后又重归于"空"。小说所刻画的形形色色的人，所描述的各大家族、腐朽社会，基本都存在这一种循环，《红楼梦》这个名字的确是非常贴切，因为它确实就是一场梦，一场本该不存在的梦，所以小说中的故事从"无"中来，又从"无"中去。

第八章

诗词佳句：为什么四大名著里有那么多诗词

诗词，是指以古体诗、近体诗以及格律词为代表的中国古代传统诗歌。四大名著虽然是白话文小说，但里面包含大量的诗词。其中，《三国演义》中的诗词气势磅礴，彰显了历史演义中所蕴含的深厚历史积淀与英雄人物的荣辱成败；《水浒传》中的诗词则非常接地气，往往反映了下层文人及广大劳动人民的质朴、勤劳与豪情；《红楼梦》中的诗词数量与质量均位于四大名著之首，让人从诗词歌赋中体会到儿女情长和生离死别的悲伤。更为重要的是，《红楼梦》中的每一句诗词都暗含玄机，这种集诗词和小说于一身的形式曾一度被后人借鉴和传承。

《三国演义》开篇词赏析

滚滚长江东逝水，浪花淘尽英雄。是非成败转头空。青山依旧在，几度夕阳红。白发渔樵江渚上，惯看秋月春风。一壶浊酒喜相逢。古今多少事，都付笑谈中。

这首《三国演义》的开篇词，词牌名叫《临江仙》。这首词并非罗贯中原创，而是明代文人杨慎所作，是其作品《说秦汉》的开场词。清初文人毛宗岗点评《三国演义》时将其放在卷首作为引子，于是广为流传。

这首词开始两句：滚滚长江东逝水，浪花淘尽英雄。意思是：滚滚长江奔流不止，向东而去，数千年来英雄人物被浪花涤荡，但又随着流逝的江水消失得无影无踪。这里，杨慎借用了杜甫《登高》诗中的“无边落木萧萧下，不尽长江滚滚来”和苏轼《念奴娇·赤壁怀古》中的“大江东去，浪淘尽，千古风流人物”，以波涛汹涌的江水比喻历史的发展轨迹，用长江后浪推前浪来比喻英雄们所建立的一件件丰功伟绩，抒发了随着历史变迁英雄会慢慢消逝的感慨。

词的内容虽然以秦汉两朝为主，但作者的眼光并没有局限在秦汉这两个朝代的史实，而是从大处着手，描述了古往今来绝大多数英雄的是非成败，犹如大浪淘沙转眼成空。无论他们的行为是对还是错，很快会像江水一样流逝，最后烟消云散。只有青山，看着一次又一次夕阳西下，给人深沉、悲壮、豪放之感，并且意境深远。

杨慎把世俗人生的价值追求——英雄主义、功名利禄与永恒的自然和连绵不断的岁月对比，通过这一比较，发现个人的荣辱成败在浩瀚的宇宙自然面前根本不值一提，在如白驹过隙般的岁月中，我们人类的生命是如此短暂，生命消逝之后，一切都是虚无。这是一种对生命的无奈，对死亡恐惧的诠释：即使成为盖世英雄或者建立巨大功业，也免不了死亡这一最终归宿。

第三句“是非成败转头空”，是对沉痛人生经历的感悟。古往今来，多少成功、失败、悲伤、喜悦都在转眼间消逝，这是作者的人生感慨。这与他本人坎坷的人生历程是分不开的。他出身官宦之家，天资聪颖，才高八斗，也曾经春风得意，可最后，却被流放到云南等地戍边，这种大起大落的际遇转化为痛苦复杂的情感，但也使他看透了人生，明白了世事无常的道理。白居易也有类似的感悟，他的《自咏》里就有“百年随手过，万事转头空”的慨叹；而苏轼的悲伤程度更高，他在《西江月·平山堂》提到“休言万事转头空，未转头时皆梦”。“转头空”表达了一种愤慨之情。英雄豪杰们长眠地下之后，生前的成功与失败、荣耀和耻辱都已经没有任何意义，这句话的核心在“空”字。“空”包含了无限的惋惜和悲愤。“是非成败转头空”既有大英雄功成名就后的孤独和寂寞感，也包含了隐士高人对于功名利禄的淡泊，表达了杨慎对待自己历尽坎坷人生的一种豁达态度。

第四句“青山依旧在”是纯粹的自然描写，意思是只有青山是永远不变的，不会因为时空转换而消逝，寓意作者已经看尽炎凉世态。

第五句“几度夕阳红”也是描写自然，“几度”是难得的意思，而“夕阳红”寓意人生中短暂的美好时光，它在永远存在下来的“青山”面前微不足道，体现了时光流逝。

“青山依旧在，几度夕阳红”虽然是在进一步衬托生命的短暂和死后的寂静，但这里没有悲凉和忧伤，反而展示出一种对生命即将流逝的从容和平静。眼前永恒的青山和绚丽的夕阳让诗人忘记了死亡的恐惧，这是对大自然的敬畏，也是对青山、夕阳这些美丽的自然事物的审美体验，这让诗人意识到可以在和美丽自然景物交融中体会生命的美好，这使生命获得了存在的价值和意义，而且，美的体验同时使人产生对生命和对这个世界的爱。

尽管荣辱是非往复循环，但青山和夕阳都是一直不变的，这两句诗看似写景，其实是在景物中蕴含了丰富的人生哲理，寓意颇深，意味着时空转换中有着亘古不变的自然法则。我们只要稍加体会，就能感受到诗人的悲伤情怀，“古今多少事”，有哪一件不是在变与不变中循环呢？古往今来，无数英雄的事迹已经成为虚幻，面对着残阳，一切都成了“空”。

杨慎正是因为领悟到了“青山依旧，宇宙永恒”的真理，才能以“白发渔樵”的化身，“惯看”世间百态，把自己从“是非成败”的悲伤中解脱出来，笑看众英雄轰轰烈烈，最后转眼化为尘埃，自己则超然于是非之外，顺其自然，以“秋月春风”为伴，在江渚之上填词作赋，寄情江水，然后喝一杯浊酒，笑谈古今。这是“空”中有“悟”的境界，由此可见，被贬后的杨慎才是真正因祸得福的人。

《红楼梦》开篇诗赏析

满纸荒唐言，一把辛酸泪。都云作者痴，谁解其中味？

曹雪芹在《红楼梦》开篇介绍完此书的来龙去脉后，题此诗。

第一句“满纸荒唐言”形容得非常贴切，因为全书存在着很多玄幻的故事和各种灵异事件，而对婚姻的描述也非常不切实际，如描写贾宝玉和林黛玉爱情时的原文是：

只因西方灵河岸上三生石畔，有绛珠草一株，时有赤瑕宫神瑛侍者日以甘露灌溉。这绛珠草始得久延岁月。后因既受天地之精华，复得雨露滋养，遂得脱却草胎木质，得换人形，仅修成个女体，终日游于离恨天外，饥则食蜜青果为膳，渴则饮灌愁海水为汤。只因未酬报灌溉之德，故其五内便郁结着一段缠绵不尽之意。恰近日这神瑛侍者凡心偶炽，乘此昌明太平朝世，意欲下凡造历幻缘……那绛珠仙子道：他是甘露之惠，我并无此水可还……但把我一生所有的眼泪还他。

从这段话我们可以看出，黛玉下凡间是为了还贾宝玉眼泪，一些红学家认为，他们最后没有结婚的原因就是林黛玉只存在

“还眼泪”的使命，眼泪还完了，也就是离开的时候了，而宝钗和宝玉则有“金玉良缘”，这个金玉良缘的结成原因书中并没有详细交代，只是通过疯和尚和跛道士的口说出了这段姻缘完全存在，所以，贾宝玉和薛宝钗能顺利完婚。

不过，《红楼梦》最初的几个章节中，也有不少看似荒唐的描述，这些容易被人们忽略的描写却左右着剧情的发展。从另外一个角度讲，曹雪芹在这些内容上揭示了亘古不变的真理与社会真相。但世人愚钝和迷茫，根本无法理解，所以曹雪芹只能自称“满纸荒唐言”。

第二句“一把辛酸泪”的意思是作者一生历经坎坷和大起大落之后，如今体悟出了人生真谛，却产生一种莫名其妙的悲伤，为自己以前痴迷混沌红尘感到懊悔，也替红尘中依然迷茫的众生落泪。

第三、四句“都云作者痴，谁解其中味”的意思是，世俗之人认为《红楼梦》只是描述儿女情长、风花雪月的事情，都以为作者只是痴迷于儿女情长，并没有多少志向和抱负，实际上，作者历经坎坷，已经参透了人生真谛，正应了评价王熙凤的那句话：“机关算尽太聪明，反算了卿卿性命。”看过《红楼梦》的人很多，但真正能够理解作者良苦用心的，恐怕没有多少人。“谁解其中味”有种曲高和寡、世人皆醉我独醒之感。

开篇词的意义非凡，作者用看似“荒唐”的儿女情长警醒世人，揭示人世间的真相，看似虚构的怪力乱神却蕴含深意。

宋江在浔阳楼题的“反诗”有何寓意

《水浒传》中，梁山好汉虽然人数众多，但是三教九流都有，除了那些曾经在朝廷做过官的人之外，绝大多数文化素质偏低。宋江却很特别，他原是郓城县的押司，饱读诗书，也能吟诗填词，要知道，押司这个职务在今天就相当于县长秘书，起码具备良好的写作能力。浔阳楼上的《西江月》，英雄排座次之后的《满江红》以及在东京妓院里写的《念奴娇》，都是他的优秀作品，而且具有相当高的水准。但是，浔阳楼上所题的《西江月》使宋江闯下了大祸，险些丧命，所以，有必要重点说一说。

宋江因为杀死了阎婆惜，被刺配江州，但凭借吴用的关系，他结识了当地牢城的监狱管理人员戴宗和李逵，这使他非但不用坐牢，反而逍遥自在，甚至能大摇大摆地出现在江州城的任何一个地方，但这种良好的待遇也使他忘乎所以。有一天，宋江闲来无事，好友戴宗、李逵等人又公务繁忙，他就独自一人登上了号称“世间无比酒，天下有名楼”的浔阳楼，喝闷酒的时候，他感慨万分，写了一首词，又题了一首诗。小说原文是：

“我生在山东，长在郓城，学吏出身，结识了多少江湖上人。虽留得一个虚名，目今三旬之上，名又不成，功又不就，倒被文了双颊，配来在这里！……”不觉酒涌上来，潸然泪下，临风触目，感恨伤怀，忽然作了一首《西江月》词调，……去那白粉壁上，挥毫便写道：“自幼曾攻经史，长成亦有权谋。恰如猛虎卧荒丘，潜伏爪牙忍受。不幸刺文双颊，那堪配在江州。他年若得报冤仇，血染浔阳江口！”

写完之后，意犹未尽，又在《西江月》后，题下四句诗：心在山东身在吴，飘蓬江海漫嗟吁。他时若遂凌云志，敢笑黄巢不丈夫！题毕留款：“郓城宋江作”。

上面的作品，就是被通判黄文炳举报的“反诗”。其实，从第一首《西江月》来看，貌似并没有谋反之意，而是抒发了宋江郁郁不得志的情感，开始那句“自幼曾攻经史，长成亦有权谋”，显示了宋江的才华以及自信。但是，尽管他熟读经书，也知官场权谋，却在官场上建树颇微，好不容易才谋得押司的职位，却因为变故被“刺文双颊，发配江州”，这对于宋江这种精于权谋、一心想建功立业的基层官员来说，是一个非常大的打击。当然，宋江如果多一点耐心，刑期满后，凭借他在郓城的人脉以及江湖朋友的帮助，完全有可能回到县衙重新任职。只不过，宋江不甘心自己的下场，韬光养晦对他来说就是一种难以忍受的煎熬和寂寞。在这种心理的驱使下，宋江有了一些隐晦的牢骚。虽然最后两句发出“他年若得报冤仇，血染浔阳江口”这样的狠话，但仍然看不出丝毫谋反的嫌疑，因为宋江有何冤仇，无人得知，而“血染浔阳江口”也可能是想杀掉某一仇人，私仇的可能性最大。

其实，根本问题就出在《西江月》下面四句诗中的最后两句：“他时若遂凌云志，敢笑黄巢不丈夫。”黄巢何许人也？唐朝末年的农民起义军领袖，宋江以他为榜样，的确有造反的嫌疑。黄巢曾写过关于菊花的两首反诗，一首是：“飒飒西风满院栽，蕊寒香冷蝶难来。他年我若为青帝，报与桃花一处开。”另一首是：“待到秋来九月八，我花开后百花杀。冲天香阵透长安，满城尽带黄金甲。”诗中透着深深的杀气。明朝的朱元璋也写过类似的反诗：“百花发时我不发，我若发时都吓杀。要与西风战一场，遍身穿就黄金甲。”诗中充斥的王霸之气不亚于黄巢，有股夺取天下、舍我其谁的豪言壮志。

相比于黄巢和朱元璋，宋江的词句就非常隐晦了，也可理解为酒后的狂妄。如果不是碰上喜欢咬文嚼字、投机钻营的黄文炳，也不会引来最后的风波。题诗也就罢了，宋江还写上自己的真实姓名，这使抓捕宋江的任务可以顺利完成。

很多人认为，宋江被认定为题反诗，是蔡九知府与黄文炳在联手制造的一起文字狱。北宋和清朝那种大范围的文字狱不同，当时政治氛围相对轻松，统治者重视文臣，除了苏东坡的“乌台诗案”引起朝廷重视之外，很少有关于文字狱的记载。宋江的“反诗”，从根本上讲只是一种郁闷的发泄，带有过激的言语。从这种意义上说，将宋江的诗直接定为“反诗”，并不合理，也是当时的政治思想所不提倡的。宋太祖赵匡胤就曾经刻碑立誓："不得杀士大夫及上书言事人，子孙有渝此誓者，天必殛之。"但是，作为大宋地方官员的蔡德章与黄文炳，急于维护社会的稳定、平步青云。戏剧性的一幕是，蔡德章与黄文炳的"文字狱"非但没有达到目的，反而激化了百姓同地方官员的矛盾，引发了更大的社会动荡。

《葬花吟》的意义与内涵

花谢花飞花满天，红消香断有谁怜？
游丝软系飘春榭，落絮轻沾扑绣帘。
闺中女儿惜春暮，愁绪满怀无释处。
手把花锄出绣帘，忍踏落花来复去。
柳丝榆荚自芳菲，不管桃飘与李飞。
桃李明年能再发，明年闺中知有谁？
三月香巢已垒成，梁间燕子太无情。
明年花发虽可啄，却不道人去梁空巢也倾。
一年三百六十日，风刀霜剑严相逼。
明媚鲜妍能几时，一朝漂泊难寻觅。
花开易见落难寻，阶前愁杀葬花人。
独倚花锄泪暗洒，洒上空枝见血痕。
杜鹃无语正黄昏，荷锄归去掩重门。
青灯照壁人初睡，冷雨敲窗被未温。
怪奴底事倍伤神，半为怜春半恼春。
怜春忽至恼忽去，至又无言去未闻。

昨宵庭外悲歌发，知是花魂与鸟魂。
花魂鸟魂总难留，鸟自无言花自羞。
愿侬此日生双翼，随花飞到天尽头。
天尽头，何处有香丘？
未若锦囊收艳骨，一抔净土掩风流。
质本洁来还洁去，强于污淖陷渠沟。
尔今死去侬收葬，未卜侬身何日丧。
侬今葬花人笑痴，他年葬侬知是谁？
试看春残花渐落，便是红颜老死时。
一朝春尽红颜老，花落人亡两不知。

《葬花吟》是《红楼梦》第二十七回中女主角林黛玉所吟诵的一首诗歌。此诗通过丰富的想象力，描绘了凄凉的画面，蕴含忧伤的情调，展示了林黛玉在残酷现实摧残下的心灵世界，同时是林黛玉感叹身世遭遇的完美表达。

《葬花吟》将花比作人，把花的命运同人的命运紧密联系，实际上就是林黛玉生活的写照。明面上是写花，实际上是写人，将人物的境遇、命运和感情融入景色之中，每一段文字都诉说着凄凉，都是发自肺腑的血泪凝结，把林黛玉的悲惨身世和她的哀叹表现得淋漓尽致。

此诗价值还在于它为后人提供了贾宝玉和林黛玉爱情悲剧的重要线索。这首诗不仅以落花象征红颜薄命，其内容还和林黛玉的死亡有着千丝万缕的联系。

《葬花吟》中“侬今葬花人笑痴，他年葬侬知是谁”，加上末尾几句，书中几次重复，强调红颜老去的时候，就是春残花落之时。这与前面的“红消香断有谁怜”“一朝漂泊难寻觅”等遥相呼应，寓意黛玉会和晴雯那样死于十分凄凉寂寞的境况之中。那时，并非大家都忙着为宝玉办喜事，无暇顾及林黛玉的事情，而是恰恰相反，贾宝玉和王熙凤都因避祸流浪在外面，在门庭冷落的时刻，只有各自寻各自的前程，诗中的“柳丝榆荚自芳菲，不管桃飘与李飞”就包含这层意思。

“三月香巢已垒成，梁间燕子太无情。明年花发虽可啄，却不道人去梁空巢也倾”几句，表示贾宝玉和林黛玉的婚事虽然已经定了下来，即“香巢已垒成”，但是，秋天过后发生了变故，就像房梁间的燕子不知不觉地飞走一样，预示着宝玉离家出走的事实。因而，她哀叹“花魂鸟魂总难留”，幻想自己可以“胁下生双翼”，即插上翅膀，随着宝玉一同前去，她日夜啼哭，即“泪尽证前缘”。

“花落人亡两不知”的意思更明显，这里用“花落”比喻林黛玉，“人亡”（流亡）比喻贾宝玉，非常贴切。贾宝玉每次遭受灾祸，总有人要跟着倒霉，先有金钏，后有晴雯，现在终于轮到了林黛玉，所以诗中又用了“质本洁来还洁去，强于污淖陷渠沟”来显示气节。

贾宝玉在第二年的秋天回到贾府，但所见到的怡红院已经是“红瘦绿稀”，而潇湘馆更是一片“落叶萧萧，寒烟漠漠”的破败景象，而黛玉的闺房和宝玉所住的地方也是“蛛丝儿结满雕梁”，虽然薛宝钗还在，还与宝玉结成了“金玉姻缘”，可惜，这不能弥补他失去林黛玉所遭受的巨大精神创伤，“明年花发虽可啄，却不道人去梁空巢也倾”表达了这种痛苦与悔恨。

其实,《葬花吟》暗示的不仅仅是黛玉一个人的悲剧结局，同时是金陵十二钗的共同结局。她们尽管有着不同的遭遇，但都在这个矛盾重重的大家族中畸形地成长。

第九章

饮食文化：舌尖上的四大名著是怎样的

四大名著中对饮食的描写各有特色。《西游记》以明代人的认知来写大唐膳食，但仙果蟠桃、灵丹妙药等天庭产物，素果斋菜、不食荤腥的特点让读者领略了潜心修道者的饮食风貌；《水浒传》描写北宋年间的江湖生活，从山僻酒店到大郡酒肆，从草莽宴席到宫廷御宴，吃喝用度的描绘点到为止但又恰到好处；《红楼梦》更是将名门望族的奢华生活刻画得入木三分，清代煎炒烹炸技艺已臻完善，各类美食琳琅满目。《三国演义》粗疏纵横处处留白，时间跨越虽然很大，但是作者巧妙地规避了这一现象，我们看到的更多是“军粮”“水陆毕陈”等宽泛模糊的字眼。

当然，我们解读一部作品所展现的饮食文化，单纯研究其中的菜品是远远不够的，饮食起居反映出的社会民生才是更为重要的内容。一部《红楼梦》将朱门大户的奢侈腐化彰显得淋漓尽致，《三国演义》的民生凋敝也在粗放恣肆的素描中得到了展现，《西游记》是一部仙界烟火的完美还原，《水浒传》则是最好的大众炊烟解读……

武大郎卖的是烧饼还是馒头

“武大郎烧饼”可谓家喻户晓，但是我们单纯地根据字面意思将古代的“烧饼”与现代社会中的“烧饼”等同起来是值得商榷的。而《水浒传》中分明记载武大郎卖的是“炊饼”，那么“武大郎炊饼”又是如何变成“武大郎烧饼”的呢？现代的“烧饼”和古代的“烧饼”是否一样呢？

《说文解字》记：“炊，爨也。从火，吹省声。”这就是说，“炊”就是烧煮的意思，因此从字面意思上我们很难看出“炊饼”的烧制方法。不过在其他一些细节当中，我们就可以很明显地推论出“炊饼”到底是怎么做出来的。

当武松离开阳谷县公干时，他对武大郎说了一番意味深长的话：“你从来为人懦弱，我不在家，恐怕被外人来欺负。假如你每日卖十扇笼炊饼，你从明日为始，只做五扇笼出去卖。”这里的“扇笼”就很清晰地点出了武大郎炊饼的制式——蒸。但是通常意义下，我们用笼屉蒸出的应当是馒头，饼子一般都是烙出来的，以上疑问又当如何解释呢？

首先，《水浒传》中的馒头是另一种食物，武松在路过孙二娘酒店的时候就吃过。文中也清楚地交代了馒头是带馅儿的："武松取一个拍开看了，叫道：'酒家，这馒头是人肉的？是狗肉的？'"

如此说来，炊饼用笼屉蒸制，但和馒头又是不同的食物，那么它又为什么不叫"蒸饼"呢？《水浒传》讲述的是北宋徽宗年间故事，民间需要避讳仁宗赵祯，所以"蒸饼"就被改叫作"炊饼"。水浒英雄的故事在民间不断流传演绎，街头巷尾的说书人不会去深究其中的根源，因此到明代成书之际，"蒸饼"变"炊饼"也就顺理成章了。

那么"烧饼"和"炊饼"之间又有何异同呢？宋代的"烧饼"其实是花样繁多的，一般追求实惠的人会在饼子上撒几粒芝麻，爱吃会玩的人会做出千层饼、糖饼、芙蓉饼等多样美味。很显然，"烧饼"是"烙"的，工艺和口味要比"蒸饼"高明不少。

不过，武大郎当初明明卖的是"炊饼"，为什么流传到后世变成了"武大郎烧饼"呢？从营销的角度来讲，"武大郎"作为一个极具炒作潜力的文化符号已经深入人心，所以说将自家饼子称为"武大郎烧饼"是一着妙棋。而且，我们从口味和种类上分析，笼屉中蒸出的炊饼或许从造型上更具灵活性，但这无疑从一定程度上制约了从业者的数量和热情。在口感方面，烙制的饼确实比蒸饼更受欢迎，市面上会用铁锅烙出各种口味烧饼的人也不计其数，所以一方面是蹭热度，一方面是口感较好，种类繁多，"武大郎炊饼"就逐渐被"武大郎烧饼"所替代了。

不加辣椒的“麻辣豆腐”是怎样做成的

《水浒传》中有这样一段描述，宋江在浔阳楼题“反诗”之后，戴宗携带江州官府文书，一路来到“旱地忽律”朱贵开设的酒店。当下戴宗走得又累又饿，因此直叫店家拿饭来吃，戴宗点了酒保推荐的“加料麻辣豆腐”。酒保去不多时，将出一碗豆腐，放两碟菜蔬，连筛三大碗酒来，戴宗正饥又渴，一下把酒和豆腐都吃了。却待讨饭吃，只见天旋地转，头晕眼花，就凳边便倒。这道“加料麻辣豆腐”究竟为何有如此威力？

我们先来看看麻辣豆腐的常规做法。

第一步，焯豆腐。取豆腐半斤切成两厘米左右见方的方块，然后将切好的豆腐放入沸水中烹煮 2 分钟。

第二步，烧汤汁。锅里加油、烧热，而后放入大酱、辣椒、姜末等。翻炒均匀后再加适量的水，烧开。

第三步，入味。将刚刚焯过的豆腐倒入烧好的汤汁中，再加盐和酱油，继续烧煮、入味。

第四步，收汁。加入适量水淀粉，收汁。

第五步，加麻、出锅。加适量花椒，点缀葱末等，装盘出锅。

麻与辣是这道菜的核心，配合豆腐的清香嫩滑，让人回味无穷。不过，以上是现代人烹制麻辣豆腐的方法，在辣椒尚未传入中国的北宋时期，酒家推荐的“加料麻辣豆腐”，麻和辣如何实现，似乎值得玩味。

辣椒起源于中南美洲热带地区的墨西哥、秘鲁等地，是一种古老的栽培作物，当地土著居民采食辣椒的历史较为久远，但它真正流传到全世界经历了漫长的岁月。通常认为，直到哥伦布发现新大陆之后，辣椒的食用和种植才慢慢“红遍西班牙”“红遍欧洲”。

不过，哥伦布发现新大陆是在 1492 年，在中国，此时正值明孝宗朱佑樘执政时期。明朝的禁海令几经变化：朱元璋时期朝廷承袭元制，严禁海路往来；永乐年间，郑和下西洋从一定程度上为中外海洋贸易带来了活力，但其浓厚的朝贡色彩又为西洋食货在中国民间的流通带来了阻力；到了弘治年间，海贼、倭寇横行，朝廷又加强了禁海令。所以在朱佑樘统治时期，辣椒由官方渠道流入中国的可能性是较小的。

当然，在国家封闭海路的同时，一些民间豪强也会暗地里组织各类走私活动。通过地下交易、西部贸易等途径，辣椒依然可以被引入中国，尤其是西南边陲土地贫瘠，百姓生活困苦，当他们买不起食盐的时候，辣椒就成为廉价的调味品。

如此说来，戴宗当时吃到的麻辣豆腐里是没有加辣椒的，但是“麻辣豆腐不加辣椒”和“鸡蛋炒饭不要鸡蛋”是同一概念吗？

这个问题其实也是比较好理解的。辣椒在明代才传入中国，但这并不代表明朝以前我国百姓就“不知辣味”。在引入辣椒之前，我国百姓会使用生姜、花椒以及茱萸等烹煮食物，以上调味品同样“味辛”，可以满足人们对于辣味的需求。

《诗经》中记载了很多“椒”的字样，比如“椒聊之实，蕃衍盈升”，这里的“椒”就是花椒。《尔雅》中将花椒记为“大椒”，《神农本草经》中则有很多“蜀椒”的字样。而在大名鼎鼎的《齐民要术》中，创作者还专门详述了花椒的栽培技巧。

与花椒类似，生姜也是古人非常喜爱的调味品。《神农本草经》中称生姜“味辛温”，孔子几乎每次吃饭都要嚼一小片姜，传说对美食颇有研究的大文豪苏轼曾记载这样一个良方：“一斤生姜半斤枣，二两白盐三两草，丁香沉香各半两，四两茴香一处捣。煎也好，泡也好，修合此药胜如宝。每日清晨饮一杯，一生容颜都不老。”这里的“草”指甘草，意即生姜、大枣、盐、甘草、丁香和沉香，并茴香一起捣碎冲泡，可以延年益寿。其中，用量最多的生姜当然是这味保健方剂中的核心。

同样，茱萸也可以用作调味。按照科属，茱萸分为山茱萸科的山茱萸和茴香科的吴茱萸。前者味酸涩，药用价值极高，是很多中药制剂中不可或缺的主料；后者味辛，因主产地在江浙一带，因此被称作“吴茱萸”。吴茱萸做调味品的历史由来已久，《礼记》中就记载了一则蜀郡百姓用十份猪油和一份茱萸一起煎熬，最后配成“油泼辣子”的故事。所以说，古人吃辣的途径有很多，戴宗当时点的那一盘“麻辣豆腐”很可能就是用生姜、花椒、茱萸等佐料烹制的。

按照同一论断，我们再看《水浒传》中另一个情节：宋江邀请戴宗、李逵二人在浔阳楼喝酒，小酌几杯之后他便提出要喝辣鱼汤醒酒。在这里，“辣鱼汤”同样不是用红辣椒熬煮的，酒家用生姜、花椒、茱萸等口味较重的佐料一样可以煮出香辣的鱼汤来。

为什么说宋清才是最好的厨师长

在各有所长的梁山好汉当中，铁扇子宋清算是一大另类了。宋清，宋江的弟弟，第 76 位梁山好汉，星号“地俊星”。自上梁山以来，他没有表现出任何过人之处，甚至连第一次出场时作者也没有对其多着笔墨，这与其他英雄出场时的大书特书是有着明显差别的。而且，宋清在梁山的职务是“掌管专一排设筵宴”，这倒是值得深究的。

我们需要明确这样一个概念：对于梁山将兵而言，打仗操练不是每天都有的，而吃饭却是天天都需要的。《水浒传》轻描淡写地记载了几处梁山好汉们的“日常”去处。

第一处是晁盖击退黄安后，山寨大摆宴席，忽然一个小喽啰前来奏报：“山下朱头领探得有十数名客商准备从梁山泊经过，特来报与头领知晓。”听说有客商经过，晁盖的心情是喜悦的，其余头领也蠢蠢欲动。最后，“阮氏三雄”带队下山，在刘唐、杜千、宋万等人的接应下，一共抢得了“二十余辆车子金银财物”和“四五十匹驴骡头口”。

另一处是石碣排座次后，宋江等人立下规矩，作者对山寨众人的“日常”去处进行了一番综述：“但闲便下山，或带人马，或只是数个头目各自取路去。途次中若是客商车辆人马，任从经过。若是上任官员，箱里搜出金银来时，全家不留，所得之物，解送山寨，纳库公用，其余些小，就便分了。折莫便是百十里、三二百里，若有钱财广积害民的大户，便引人去，公然搬取上山，谁敢阻挡。但打听得有那欺压良善暴富小人，积攒得些家私，不论远近，令人便去尽数收拾上山。”一个“但闲便下山”点明了梁山上下的日常生活：一有空余时间，山上的众人就会随意组团，到方圆三百里之内进行有选择性的打劫、抢掠。

方圆三百里，按今天的地图检索，差不多就是东到泰安（约140公里）、北到临清（约150公里）、南到单县（约145公里）、西到濮阳（约110公里）。这块区域虽说不小，但古代地广人稀，有钱的士绅更是少之又少。按照小说中梁山的辐射力度，要将全区域内的大户人家全都搜罗一遍其实也只是半年的工夫。所以我们可以推算，梁山军平日的劫掠任务并不繁重，更多的是闲暇时光。

无论晁盖还是宋江，他们组织劫掠的主要目标都是客商与富豪，类似群体的战斗力较弱，因此梁山人马不需要太多操练就能缴获财物。文中也明确指出“或只是数个头目各自取路去”，以此而论，梁山将士的“工作强度”并不大，大多数人实际上处于无所事事的状态。不过，山寨人马可以休息，宋清却不能休息，因为他主持的是宴席伙食，鼎盛时期的八百里水泊人马十万，消耗的粮食、草料自然也是不计其数。

更为要命的是，日常饮食可以对付，头领们聚会时的宴席就不一样了，肉类和新鲜蔬果一样都不能短缺。《水浒传》里没有梁山军垦荒养殖的描述，所以在保鲜技术尚不成熟的年代，鲜肉和蔬果都需要外出采买，而采购人员的选派、各类菜品的数量等等都需要做出精准规划，然而面对这一系列庞杂的事务，宋清一个人就两双手，将梁山数以万计人的伙食安排得妥妥当当。

按一般推论，梁山众人在没有聚会时吃的应当是家常饭，大摆宴席的时候就上较好的鱼米酒肉。除了山寨举办的公宴之外，如果有人要做东，那么他就需要支取自己的私人财产，然后委托后勤团队安排宴席。比如卢俊义被宋江等人强留在梁山时，各个头领轮流宴请，这里就用的是个人钱财。山寨后期头领增多，新加入头目要接受宴请，打破官府城池需要庆功，如此等等，可以说宋清是最为繁忙的。而他能够料理好这一切事务也应该说是功劳不小。

那么宋清主持梁山酒宴之后，他主要在哪些饮食文化上做出了贡献或改变呢？这一点作者没有明确指出，但是我们可以从文章的字里行间获得些许资料。首先可以肯定的是，普通的山村酒店，生熟牛肉俱全，经常见人“吃得口滑”。比如吴用请“三阮”吃饭时“花糕也似好肥肉”“大瓮酒”“对鸡”等等；宋江在江州一人独饮，桌上摆了肥鸡、酿鹅等多种美味；杨雄请石秀吃饭时，桌上不但有果品酒馔，还有海鲜时蔬；

朝廷招安的公宴上，甚至出现了驼蹄、熊掌、塞北黄羊、江南赤鲤……

但是类似的描写在梁山好汉们欢宴时几乎没有，多的便是“宰牛杀马”。牛马羊等牲畜体形较大，正好应了好汉们“大块吃肉”的愿望，而这也是遇到较为隆重的时节才会出现的场景。我们可以推断，梁山“伙食长”在设置山寨酒宴时追求的不是口味与精致，而是豪情奔放的欢畅感。山寨之上其实还有不少常年开酒店的好手，朱贵兄弟、张清夫妇都是开过酒馆的好手，他们的手艺虽说不一定比得上江州大厨，但显然也是“业内人士”，但梁山避开了这些行家里手，只是让朱贵、张清等人去山脚下开店。这种做法其实也是较为高明的：所谓“由俭入奢易，由奢入俭难”，张清等人手艺虽好，但如果安排他们辅助宋清料理后厨，那么过于精致的菜肴不单单会浪费太多的集体资源，还可能拉高众好汉对美食的品鉴度。日积月累，山寨头领们的物欲需求逐渐提高，大骨头棒子就酒咽不下去的时候，梁山的财政危机也就到来了。

八百里水泊人畜十万，每天消耗的柴米油盐不计其数。很多人推崇攻城拔寨无人能挡的秦明将军，却忘记了大后方默默无闻为军士和牛马供给粮米的宋清；更多的人对棍棒天下无对的卢俊义高看一眼，但没有注意到宋清才是山寨之中最不可或缺的“伙食长”；大伙儿在宫廷御宴面前垂涎三尺，但忽略了粗茶淡饭才是历久弥新的持家之道。梁山欢宴，表面上看来欢天喜地，但内中的取材、调度、品相、口味，加在一起就是一本难念的经，宋清能将这本经念好，足见其超高的管理能力！

宋清是一位被低估了的管理者，他没有临阵斩将的高光时刻，也没有烹制出名传后世的经典美食，但是他为山寨营造了良好的饮食文化，并且用自己过人的才华将一切打理得井井有条。现代学者马幼垣曾评价宋清为梁山上“本领最隐晦的人”，甚至认为他应该进入天罡星的行列。金圣叹也感慨：“宋清不是公弟，亦复胸中自有一片。”可见，宋清颇具才能，并且为人低调。

萦绕在水泊梁山中的“牛肉文化”

两盘熟牛肉，三大碗好酒，这是《水浒传》中酣畅淋漓的饮食特色。但是后世学者对这样的细节提出了质疑：两宋时期私宰耕牛是要被判刑的，《宋刑统》称“诸故杀官私牛者，徒一年半，主自杀牛者徒一年”。如此而论，《水浒传》中的“牛肉现象”是不是有悖常理呢?

实际上在《水浒传》成书之前，元代的民间曲目也有很多梁山好汉吃肉喝酒的描写，但这里多用羊肉，牛肉倒是很少被提起。比如元曲大家高文秀所作的《黑旋风双献功》中就有一段精彩的“羊肉戏”。

牢子云：“你为甚么也跪着神道，要我说誓来？”

正末唱：【小将军】“我恰才送些茶饭与俺哥哥且充饥，（带云）你恰才开门时节，你那头撞着我这头。叔待，有俫，（唱）明白的把一张匙却插在这里。这路大地下不是你个坌东西？叔待，我将你来跪了可便重还跪。”

牢子云：“你便这一张匙打甚么不紧？你喂你哥哥饭去。”

正末云：“哥哥，你吃些儿波。”

孙孔目云："我吃不得了也。"

正末云："哥哥不吃，我自家吃。"

牢子云："兀那呆厮，是甚么东西？"

正末云："一罐子羊肉泡饭。哥哥不吃，我自家吃。"

牢子云："你哥哥这几日吃死回的饭！他不吃，拿来我吃。"

正末云："你真个要吃？管山的烧柴，管水的吃水，管牢的吃我脚后跟。"

牢子云："这厮他倒伤着我，将来我吃。"

正末背科，云："我随身带着这蒙汗药，我如今搅在这饭里。他吃了呵，明日这早晚他还不醒哩。叔待，你吃，你吃。"

牢子云："将来我吃。"

在元曲中，"正末"是整部戏的男主角，与后世戏曲里的"生"相似，而此处的"正末"就是李逵。《黑旋风双献功》中的李逵与施耐庵笔下的李逵大不相同，此处黑旋风变成了一个颇有心机的人，他想解救孙孔目，却没有使用蛮力。在高文秀的笔下，李逵带着一罐羊肉泡饭前来探监，身上还藏了蒙汗药。几经周折之后，牢子吃下了掺蒙汗药的羊肉泡饭，孙孔目也被李逵救走。文中"叔待"是对人恭敬的称呼，类似于今日的"阿叔"；"俫"是元曲中孩童角色的称谓，李逵自称"俫"也是机巧的表现；"小将军"则是曲牌名。

除了《黑旋风双献功》之外，另一部元杂剧《鲁智深喜赏黄花峪》中也提及羊肉：蔡衙内到云岩寺的时候，要僧人为他"煮羊头"吃。无独有偶，康进之的《梁山泊李逵负荆》里也有

“赶二三十个肥羊，抬四五十担好酒”。

元曲中的水浒英雄爱吃羊肉，但到了施耐庵笔下，为什么牛肉又成了“主力”呢？武松在景阳冈上吃的是牛肉，林冲看守草料场时吃的也是牛肉，孙二娘开黑店冒充的还是牛肉。与之形成鲜明对比的是，羊肉在施耐庵这里倒变得极为罕见，经常只是“杀猪宰羊”一笔带过，“一盘羊肉”这样的描述实在是少之又少。

以上现象恐怕要从多方面来分析。首先高文秀等人生于元代，长于北方，依照当时的条件，他们创作的剧本一般都是在本地演出，故而为了符合地缘审美而刻画“羊肉”是理所应当的。明朝建立后文人墨客也下意识地减少描写北方游牧民族生活中常吃的“羊肉”。所以同样是说水浒英雄，元人说羊而明人论牛。

另外有学者认为，耕牛是社会生产力的重要组成部分，历代也都有禁止私宰耕牛的法令，因此《水浒传》强调梁山好汉吃牛肉是抗争精神的表现。从一定程度上来讲，这种观点是有道理的，但是我们深入分析之后这个结论亦有瑕疵。

首先《宋刑统》指明杀牛的人要入刑，那么要论“抗争精神”也应当先推贩杀耕牛的酒家和屠夫，这份“光彩”贴到食客脸上未免过于牵强。其次历代虽然都明令禁止宰杀耕牛，但这些法令大都没有被彻底执行，南宋文人洪迈在他的《夷坚志》中提到“一乡皆食牛”，书中还提到李家人三代不吃牛肉，因此父子都中了皇榜的事情。《夷坚志》中不吃牛肉就能金榜题名的说法其实只是一种精神向往，而作者将伦理与法制混为一谈其实也深刻地反映出当时人们对于“耕牛法令”的冷漠。

除洪迈之外，著名文人辛弃疾的“八百里分麾下炙”更是人口传颂，这里的“八百里”也是指牛的意思。由此可见，虽然国家有律令禁止宰杀耕牛，但相关文件并没有得到彻底执行，“宰牛吃肉”是植根于百姓意识深处的执念，就如同重阳登高、端午节吃粽子一般。

那么梁山好汉吃牛肉真的就没有一丝文学含义了吗？如此论断也是狭隘的。两宋时期猪肉、羊肉的价格相对便宜，《续资治通鉴长编》记载长安地区的猪肉、羊肉仅仅三四十钱一斤。相对而言，牛肉的价格是比较高的，一百钱才能买一斤生牛肉。一个人的地位和格调都是从他的品位中自然而然流露出来的，行走江湖的人都讲求声名脸面，堂堂一方豪杰如果只能吃猪羊肉的话，他身上的豪侠气概也就少了几分。

而且，单纯从人物刻画的角度来分析，《水浒传》中多次出现牛肉也是别有深意的。牛位居“三牲”之首,《周礼》规定“诸侯无故不杀牛，大夫无故不杀羊，士无故不杀犬豕”，在献祭的时候，牛也承担着最为重要的名分。所以说社会对牛的尊崇从上古时期就已经形成，千百年来人们的潜意识中也逐渐形成了屠牛高于宰猪、吃牛肉者强于食羊户的观念。《水浒传》开篇就将梁山好汉定位为“一百单八魔君”，这些声震天庭的人在饮食上过于拘泥恐怕也是不合时宜的。

另外，与猪肉、羊肉相比，牛肉在强健体魄方面效果更佳。《本草拾遗》中说牛肉“令人强筋骨、壮健”，《韩氏医通》则认为牛肉和黄芪功效等同，经常食用能够补气。其他一些古方典籍中有关牛肉的食疗、药膳偏方更是数不胜数。相对而言，常吃牛肉的人更强壮，而且说话办事中气十足，这与“好汉”的形象是非常相符的。武松赤手空拳打死老虎，林冲一生征战从无败绩，这些傲视群雄的男子如果不吃一点牛肉，又怎能声如洪钟、横行一方呢？

既无口味的描写，也无烹饪方法的陈述，作者用简单的一盘牛肉，做出了一道真正的“大餐”。在一阵“不合理”的争议中，施耐庵将水浒英雄的不尊礼法、粗犷强横描绘得淋漓尽致。

三国名人吃什么

《三国演义》对于美食的描绘较少，作者将更多的笔墨运用在了政治斗争与军事行动上。而在较多的攻伐战乱中，将士用餐也成了历代文人墨客争论不休的话题。与《水浒传》中的大快朵颐、《红楼梦》中的钟鸣鼎食不同，《三国演义》里的饮食有着浓厚的单一性，而这种汪洋恣肆的留白手法，也为读者带来了无尽的想象空间。

第一处描绘美食的情节在桃园结义期间："次日，于桃园中备下乌牛白马祭礼等项，三人焚香再拜而说誓……誓毕，拜玄德为兄，关羽次之，张飞为弟。祭罢天地，复宰牛设酒，聚乡中勇士，得三百余人，就桃园中痛饮一醉。来日收拾军器，但恨无马匹可乘。正思虑间，人报有两个客人，引一伙伴当，赶一群马，投庄上来。玄德曰：'此天佑我也！'三人出庄迎接。原来二客乃中山大商，一名张世平，一名苏双，每年往北贩马，近因寇发而回。玄德请二人到庄，置酒管待。"

古人敬畏神灵，因此举大事前都要祭祀天地神灵。《论语》记载，祭肉是可以分给众人吃掉的，所以刘备等人献祭给神灵的乌牛白马随后就会被吃掉，而且孔子强调“祭于公，不宿肉，祭肉不出三日。出三日，不食之矣”，这就是说祭祀典礼时分到的肉，需要在三天之内全部吃光。东汉末年铜锅的使用已经较为普及，但“炒”一词最早出现还是在《齐民要术》中。秦汉时人们使用的炊具大多厚重结实，“釜”“鼎”之类的器具都无法满足爆炒的温度要求。因此我们可以大胆推论，本次祭祀之后的牛马，都是被炖煮之后吃掉的。

这段文字当中还存在另一个值得述说的点：拜祭完天地之后，刘备三人“复宰牛设酒”。这一次宰杀的牲类之中已经没有了“马”，因为战马作为重要的战略物资，实在是不能随意挥霍的。而在后续招待张世平和苏双二人的宴会当中，书中已经没有宰杀牲类的记述。对此我们可以做出两种推论，一是先前宰杀的二牛一马尚有剩余，三百勇士只是一人分了一块肉一碗汤；二是张世平与苏双有求于人，因此主人家对他们不用特意招待。有学者指出，北地贩马大都要从幽、燕等地经过，所以张、苏二人希望从刘备方面得到武力支援，并通过刘备的关系结交公孙瓒，这都是有可能的。

第二处有宴会的场景是“（汉灵）帝在后园与十常侍饮宴”，他们吃的什么、喝的什么呢？《三国志·魏书》记载，尚书卫觊曾言：“礼，天子之器必有金玉之饰，饮食之肴必有八珍之味，至于凶荒，则彻膳降服。”

卫觊的观点出自《周礼》：“凡王之馈，食用六谷，膳用六牲，饮用六清，羞用百有二十品，珍用八物……”这就是说，早在周天子时期，天子的饮食规格就有了细致的定式。其中“六谷”指中国古代六种主要的谷物；“六清”指水、浆、醴、凉、医、酏；“羞”同“馐”，意即美味佳肴；“八珍”原指八种珍贵的食材，后世对它们的制式也各有不同，我们暂且按照《周礼》中的注文对其进行综述，就是“淳熬、淳母、炮豚、炮牂、捣珍、渍珍、熬珍和肝膋”八道大菜。

关于“八珍”的做法，《周礼内则》给了明确的烹制范式：“淳熬”类似于今日的肉汁盖饭，不过古人在盖饭上还要加一点精炼的动物油。“淳母”的做法和“淳熬”相近，不过它用的不是稻米，而是“黍”。“炮豚”和现在的烤乳猪做法相似，不过天子的“烤乳猪”工艺复杂，用烈火烧烤过后还要用香米挂糊，最后再慢火煨炖，三天三夜之后骨酥肉烂，再蘸酱吃。“炮牂”中的“牂”指的是母羊，烤制方法和“炮豚”一致。“捣珍”要精选牛、羊、鹿等动物的里脊，然后细心捶打，等肉里的筋腱被捶打除净之后，再煮熟做成肉酱。“渍珍”是把鲜牛肉切成薄片，用酒泡一天一夜之后再蘸酱食用。“熬珍”有点像今天的肉脯，是将牛肉、鹿肉等捶打过后，去掉筋膜，然后敷一层姜末和细盐等，慢慢烘干水分。“肝膋”是烤狗肝粥，这个过程也比较复杂，煮粥时还要加入狼油。

不同年代关于“八珍”的解释是不同的。周天子时代物质较为匮乏，而到了宋元时期，普通的牛、羊、狗肉已经难登大雅之堂，熊掌、骆蹄、豹胎等等成了“八珍”的主力。卫觊还提到，天子的饮食丰盛程度与国家收入相关，同样也与君王的奢简程度有关。国家富强，或者是天子崇尚奢华，宫廷饮宴就非常丰盛。以此而论，曾经大卖官爵的汉灵帝必然不会亏待自己的味蕾，而他与十常侍的这一次饮宴也必然是六谷齐全、八珍完备的。

深宫别苑里的生活如此优渥，这就衬托出行军打仗时一餐一饭的寒碜。《三国演义》里有很多“杀马为食”的叙述，比如在战胜乌桓后，曹军粮米耗尽，恰好乌桓单于进贡骏马万匹，曹军才得以杀马为食。而赤壁败逃之际，军士们困饿交加，也“割马肉烧吃”。

古时征战，吃马肉是一种陷入绝境的表现，一方面马是价值极高的战略物资，另一方面很多人认为吃马肉会损害健康。《本草纲目》中有“食马肉中毒”的字样，清人王士雄在他的《随息居饮食谱》里也说“马肉辛苦冷，有毒”。还有一些说法称吃马肉会加剧脓疮、下痢等。

《三国演义》中对于饮食的描写着墨不多，但这种大开大阖、处处留白的笔触为后人带来了种种猜想。所谓大音希声、大象无形，轻描淡写之间流露出来的蛛丝马迹，或许才玩味无穷。

吃唐僧肉的“正确姿势”是怎样的

《西游记》中最令人垂涎欲滴的就是唐僧肉了，不过书中记述的烧制唐僧肉的方法略显单一，除去仅有的一次“油煎”外，其他做法都是“蒸”。那么问题来了，用笼屉蒸肉是最费柴火的做法，而且与爆炒、水煮等做法相比，口味也稍显寡淡。既然如此，书中屡次出现的“蒸唐僧肉”是不是另有玄机呢？

《西游记》第七十七回写道，唐僧师徒在狮驼岭被抓，狮子精叫道：“小的们，着五个打水，七个刷锅，十个烧火，二十个抬出铁笼来，把那四个和尚蒸熟，我兄弟们受用，各散一块儿与小的们吃，也教他个个长生。”

蒸熟之后怎么享用呢？狮子精是这样计划的：大笼蒸制一夜，唐僧师徒必然骨酥肉烂，正好用蒜泥醋盐蘸着吃。不过这一个计划没有成行，孙悟空逃脱之后马上找到了北海龙王敖顺，请他做法保住了师父和师弟。

或许是蒜泥醋盐蘸着吃的吃法不够雅致，大鹏又提出了一个新的建议：“此物比不得那愚夫俗子，拿了可以当饭。此是上邦稀奇之物，必须待天阴闲暇之时，拿他出来，整制精洁，猜枚行令，细吹细打的吃方可。”

这番话又有了两个值得思量的点，一是为什么要在阴天吃唐僧肉，二是“猜枚行令”指的是什么。在古代阴阳五行观念中，金蝉属阳，唐僧本人也是纯阳之身，为了平衡阴阳，所以在天阴的时候吃唐僧肉最好。而“猜枚行令”则是古代酒宴上较为流行的娱乐方式，“猜枚”是把某物握在手中请别人猜单双、颜色等；“行令”就是行酒令。而且，三位大王尽情吃喝，小妖怪们还要在一旁鼓噪奏乐，大鹏的建议非常周详。

除了狮驼岭之外，唐僧在红孩儿的火云洞里也上过笼屉。当时小妖怪们已经将唐僧清洗干净，就要“上笼蒸吃”。到了盘丝洞时，蜘蛛精们抓住唐僧后也商量着要蒸着吃，结果就是这些洗刷、生火、安笼屉的过程“坏了好事”，孙悟空无一例外地在妖怪们手忙脚乱之际救走唐僧。既然唐僧肉是难得一见的圣物，妖怪们如此“讲究”又是为何呢？

这一点需要从古代的祭祀礼仪说起。古人祭祀天地时所用的供品如牛、羊、猪都需要保持完整，而这也是符合礼制、顺天应人的做法。这一习俗在富贵之家极为常见，而一些隆重的场合或仪式中主人家也需要献上完整的猪牛羊。所以对妖怪们来讲，他们获得了长生不老的机会，因此一定要从形式上保证唐僧的完整，如此才能获得上天的认可。而炒食或者炖煮都会破坏唐僧的肉身，菜肴的品相被破坏了，对修为境界的提升恐怕也会带来负面影响。

实际上，用笼屉蒸菜是古代最为主流的烹饪方式，烤、煮、炒、炸等等都经历了漫长的演变。在制陶技术尚未出现时，古人把石头作为炊具，用手捧水来喝，《礼记》中的“燔黍捭豚，污尊而抔饮”就是证明。在这个时期，用木棍挑着兽肉在火上烤就是大家朝思暮想的“美食时刻”了。《诗经》中有很多描述吃烤肉的场景，但总体而论烧烤在养生方面存在瑕疵，烟火熏烤下的谷物和肉类极大地损害了人类的健康，因此陶器和木质炊具出现之后，蒸煮就成为人们最信任最依赖的饮食方式。

魏晋南北朝时期我国已经有了关于炒菜的记载，不过炒菜在民间大受欢迎则经历了漫长的岁月。我们现在见到的烹炒方法大都是清代以后才出现的，所以说吴承恩在描述吃唐僧肉的时候多用“蒸”，这一点其实与时代认知有密切关联。炒的技术还不成熟，烧烤对肠胃刺激较大，炸、煮会伤害到食材的品相，所以用笼屉“蒸唐僧”似乎成为更为合理的选择。

不过吴承恩在书中多次强调蒸菜，这一点与他本人的饮食习惯也密切相关。吴承恩生于淮安，主政的地点在浙江长兴县，耳濡目染的都是江淮蒸菜，因此他在《西游记》中多次提到“蒸唐僧肉”也是可以理解的。

《红楼梦》，一本吃货的百科全书

《红楼梦》对美食的记述最为详细，也最能勾起读者的食欲。从开胃菜到风味小吃，从正品大餐到餐后水果，无论是地上跑的、水里游的还是天上飞的、山里爬的，奢华的贾史王薛四大家都能将它们摆上餐桌。

与其他万古流芳的名家大作类似，《红楼梦》对美食的刻画也是先抑后扬、充满留白的。在第三回中，作者第一次描写了豪门大户的饮食起居，而中间的规矩和格调也是意味深长的：

贾珠之妻李氏捧饭，熙凤安箸，王夫人进羹。贾母正面榻上独坐，两边四张空椅，熙凤忙拉了黛玉在左边第一张椅上坐了，黛玉十分推让。贾母笑道："你舅母你嫂子们不在这里吃饭。你是客，原应如此坐的。"黛玉方告了座，坐了。贾母命王夫人坐了。迎春姊妹三个告了座方上来。迎春便坐右手第一，探春左第二，惜春右第二。旁边丫鬟执着拂尘，漱盂，巾帕。李、凤二人立于案旁布让。外间伺候之媳妇丫鬟虽多，却连一声咳嗽不闻。寂然饭毕，各有丫鬟用小茶盘捧上茶来。当日林如海教女以惜福养身，云饭后务待饭粒咽尽，过一时再吃茶，方不伤脾胃。

家宴之上摆了几菜几汤不是作者主要论述的方面，用餐时的规矩才是最引人注目的点。首先说落座的问题，男权社会里女性是不能上桌吃饭的，即便家族中地位很高的女主人也不能例外。所以在这里王熙凤等人不能与老夫人同桌而食，只能在一旁服侍。而“布让”就是把席间菜肴分送给用餐者。不过，家中女眷不能入席，未过门的年轻丫头却是可以和长辈一起进餐的。这一点与满族的风俗习惯息息相关：曹雪芹幼年出生官宦人家，对满族文化耳濡目染，字里行间必然也带有明显的满族风情。

关于左右尊卑古代也是几经变化的，自东汉以来，我国除元代以外都是以左为尊的。林黛玉初到贾府，老夫人安排她坐在左首第一位是理所应当，而迎春等人的座次是按照年龄大小依次就座，这也为本应其乐融融的家宴增添了些许肃寂。更为重要的是，家仆、侍者忙得热火朝天，但现场没有一丝嘈杂之声。《论语》说：“食不语，寝不言。”甚至还有“食不厌精，脍不厌细”等要求，这些条条框框在寻常百姓之家是难以落实的，但在钟鸣鼎食的朱门大户备受推崇。富贵人家讲求礼制，这在给自己带来诸多束缚的同时对自身起到了一定的保健作用，而且“周礼”的弘扬者孔子正是凭借尊崇礼法而持正守节、健康长寿的，后世学者也指出“食不语”其实是一种非常好的养生手段，因此名门大户追求的并不都是“表面文章”。

说到养生，这就又牵出了另外一则话题：贾府招待林黛玉的第一餐饭，到底上了哪些菜肴呢？《红楼梦》中明确交代这是“晚饭”，那么按照贾府里的讲究，这顿饭必然是清淡适中的。

而且如果出现了值得一书的菜品，作者也会特别点明，比如以下几道“有名有姓”的美味。

首先是需要用酒卤制的“鹅掌鸭信”。《红楼梦》第六回写道：“宝玉因夸前日在那府里珍大嫂子的好鹅掌鸭信。薛姨妈听了，忙也把自己糟的取了些来与他尝。宝玉笑道：‘这个须得就酒才好。’薛姨妈便令人去灌了最上等的酒来。”

鸭舌和鹅掌虽然美味，但制作工艺耗时耗力，做成一盘上好的佳肴必然要用数只鸭鹅。单这些还不够，一般酒水糟好的鹅掌鸭舌算不得上品，豪门大户讲究的是用好酒配各类香料一起卤制，这其中的奢华可见一斑。

既然鹅掌鸭舌都有了，鸡皮也不能例外，《红楼梦》第八回里又提到“酸笋鸡皮汤”。一般百姓人家取食鸡肉是没有那么多规矩的，但有钱人家专吃鸡皮。鸡皮柔滑可口、肥嫩多汁，配开胃的酸笋必然令人欲罢不能，所以贾宝玉才能“痛吃了两碗”。与酸笋鸡皮汤一同出现的还有“碧粳粥”，这一碗简单的“稀饭”可是大有来头：“碧粳”是古代皇宫御用的大米，达官显贵们也可以从河北、山东等地购得。清代美食家谢墉在他的《食味杂咏》中记载，这种大米米粒细长，外皮稍带一点绿色，而且烧煮的时候会泛起微微香气。

另一处彰显气派的美食描写在第十六回，当时贾琏的乳娘赵嬷嬷来见王熙凤，后者马上要用“火腿炖肘子”招待对方。这里的“炖肘子”在当时是一道响当当的“大菜”。清代以前人们对猪肉并不感冒，家禽、鱼、羊等是士族家庭的主要肉食来源。《太平广记》中记载了唐代人荤菜的主料，其中羊肉占了接近一半，猪肉勉强超过10%，原因就在于古人认为猪食性较杂，而且圈养场所较为污秽，因此只有普通的市井之家才会食用猪肉。当年苏东坡爱吃猪肉的一个重要原因就是“价贱如粪土”，而价格便宜的背后，就是市场的疲软。

不过，清朝建立之后，猪肉的身份马上尊贵起来，史书中有很多清代人喜食猪肉的记载，连皇后也要保证一定量的猪肉配给。这就是说，清代时的大肘子早已不是过去的寻常菜肴，上流社会对它的偏爱已经使其尊贵起来。而且，“火腿”在清朝也是朝廷贡品之一，它的主产地在金华，《食味杂咏》中称：“金华人家多种田、酿酒、育豕。每饭熟，必先漉汁和糟饲猪，猪食糟肥美。造火腿者需猪多，可得善价。故养猪人家更多。”金华火腿之所以闻名天下，关键还在于取用的肉质好——用淘米水、酒糟调和喂养的猪胖大肥美，是做火腿的上上之选。

按照现在的做法，火腿炖肘子需要用各类香料慢火煨炖，力求达到蹄髈酥烂、入味三分的效果。老年人牙口不好，普通的肉食难以消受，但火腿炖肘子入口即化，确实是适合老人的美味佳肴。

肥甘厚味不利于养生，《红楼梦》中也有各类药膳的描述，其中第六十回就提到了“牛奶茯苓霜”。茯苓是一味中草药，功效主要是补益脾胃，而且药性温和，适于长期服食。《神农本草经》将药物分为上、中、下三品，称“上药一百二十种为君，主养命以应天，无毒，多服久服不伤人”，而茯苓就位列上品，属于滋补类药物，经常服用可以益寿延年。在此，贾府取用的茯苓也是有讲究的，要的是“千年松柏”之下长出的茯苓茎叶，而且最好用人乳冲服。茯苓是养生佳品，慈禧太后就非常爱吃茯苓饼，每天都要吃一小块。

《红楼梦》中的美食令人垂涎欲滴，但名门望族所追求的已经不是简单的温饱问题，他们更希望通过饮食来达到尊奉礼法、抚育后人的目的。因此贾府用餐，大家各司其职，有人传菜，有人布让，来来回回却没有一丝嘈杂声，这种律己的表现虽说烦琐，但内在的精神与修为是现代人难以企及的。而且，名门的饮食讲究配比平衡，有开胃的鲜汤，也有香气宜人的主食；有鲜香吮指的风味名吃，也有大快朵颐的膏粱厚味。用餐结束后，各类滋补的食品、饮料也不可或缺，其余消磨时光的小零食、小点心就更述说不尽了。

《红楼梦》记载的是显宦之家的奢华生活，刘姥姥在吃茄鲞时半天没品出个味儿来，想必市井小民的家常饭食和书中大餐相去甚远。而街头巷尾的民间杂食记录太少，这恐怕就是《红楼梦》对饮食文化记述的唯一缺憾了吧！

第十章

政治权谋：四大名著中有哪些“细思极恐”的情节

书中包含政治权谋是四大名著之所以能够流传千古的重要原因。与一般的通俗读物不同，名著对于社会人心的刻画更加细致入微，而隐藏在笔墨深处的阴谋隐喻也是历代文人墨客津津乐道的话题。倾国倾城的美人矜持自负，意味深长的文章含而不露，奇谋诈术的乱世三国风云变幻……要穿透文章紧密的布局发掘更深刻的内涵绝非一日之功。

流传当代的著作要想精彩，必须吸引大众的眼球；流传百年的小说要想透彻，就要取得万千读者的共鸣；流传千年万世的鸿篇巨制要想深邃，每读一遍就都得带给人不同的体验。《红楼梦》《三国演义》《水浒传》《西游记》，这些千古传唱的国学瑰宝，每翻阅一次都会让我们获得新的感悟，这也是它们经久不衰、历久弥新的重要原因。

“桃园三杰”的情义只是“看上去很美”

刘关张兄弟情义震古烁今，后世也将他们的故事视作千古君臣的楷模、万世手足的榜样。《三国演义》第一回写到刘备、关羽、张飞在桃园祭拜天地，结为异姓兄弟。剿平黄巾军后，刘备到安喜县做县尉，兄弟三人“食则同桌，寝则同床”，然而我们细加分析，这算是“桃园三杰”关系最为融洽的时候了。

除了对三兄弟情同手足的描写，《三国演义》里还有很多表现他们不睦的字句。作者在第二十六回《袁本初损兵折将　关云长挂印封金》中抛出了两封耐人寻味的书信。

先是刘备致关羽的信函，信中写：“备与足下，自桃园缔盟，誓以同死。今何中道相违，割恩断义？君必欲取功名、图富贵，愿献备首级以成全功。书不尽言，死待来命。”

“足下”与“君”都是敬词，而“备与足下誓以同死”和“足下与备誓以同死”的语意重心也是不同的：前者彰显的是自己，后者表述的是他人。短短数言，刘备已经将自己的不满表述得非常清晰。再后来的“割恩断义”更是赤裸裸地指责对方不念旧情、缺乏信义，信中还说假如关羽想要获取荣华富贵，自己就把人头献出来成全他，看得出刘备心中的愤懑与失落已经达到了极点。

面对指责，关羽的回信是："窃闻义不负心，忠不顾死。羽自幼读书，粗知礼义，观羊角哀、左伯桃之事，未尝不三叹而流涕也。前守下邳。内无积粟，外听援兵；欲即效死，奈有二嫂之重，未敢断首捐躯，致负所托；故尔暂且羁身，冀图后会。近至汝南，方知兄信；即当面辞曹公，奉二嫂归。羽但怀异心，神人共戮。披肝沥胆，笔楮难穷。瞻拜有期，伏惟照鉴。"

开篇先抛出"忠义"二字以表其心，随后又讲述自己追慕古人，奈何牵挂"二嫂"，为了保全甘、糜二位夫人的名节才没有战死沙场。书信最后，关羽还立下了"但怀异心，神人共戮"的重誓。

和刘备的直截了当不同，关羽将自己的不满表达得非常隐晦：羊角哀、左伯桃是古人重视情义的典范，他们舍身为人的事迹千古传颂，关羽说自己读到这里也是"三叹而流涕"。不过为了保全二位嫂嫂，他才辜负了兄长。

古代城池被打破，守方将领的女眷多半会遭人凌辱、迫害，这一点在曹丕纳甄氏为妃的情节中也有表露。所以这一次没有杀身成仁、名扬后世，关羽也可以说是受到了刘备妻室的"拖累"。对此关羽没有明言，但刘备必然是有所感悟的。

在关羽过关斩将、千里走单骑之后，张飞又跟他"干了一仗"。当时甘、糜二位夫人极力劝阻，孙乾也从中调和，但张飞一直到蔡阳被斩，降卒将事情的本末和盘托出之后才肯相信。

在第七十六回《玉泉山关公显圣　洛阳城曹操感神》中，关羽和刘备之间的情义更加值得考量。《三国演义》写道：

玄德泣曰："云长有失，孤断不独生！孤来日自提一军去救云长。"遂一面差人赴阆中报知翼德，一面差人会集人马。未及天明，一连数次，报说关公夜走临沮，为吴将所获，义不屈节，父子归神。玄德听罢，大叫一声，昏绝于地。

表面看来刘备对关羽还是情深义厚的，不过我们细致推敲又会觉察到一些异样：刘备既然已经说了要和关羽同生共死，那么在这样千钧一发的时刻为什么还要"拖延"呢？从地图上看阆中位居成都东北，是北军南下的重要通道之一，如果抽调这里的驻军驰援荆襄，那么阆中兵马先要南下成都，然后经江州、永安抵达襄阳。这就是说，"赴阆中报知翼德"实际上会延长救援关羽的时间。

另外一处令人生疑的是马良、伊籍与廖化的个人行踪。第七十六回分明写道："（关羽）差马良、伊籍赍文三道，星夜赴成都求救"，然而马、伊二人的日夜兼程似乎没有什么实际意义，因为比他俩晚动身的廖化几乎是同时见到刘备的。原文写道：

玄德急召入问之。二人（马良、伊籍）具说荆州已失，关公兵败求救，呈上表章。未及拆观，侍臣又奏荆州廖化至。

按照文章来看，廖化比马、伊两人最少也晚出发了 12 个小时，而且廖化去了一趟上庸。更为奇怪的是，早在马、伊二人奏报荆州兵败的消息之前，太傅许靖已经听到了荆襄陷落的消息。所以对以上种种“怪现象”，我们可以做一个大胆的猜想：马良、伊籍二人是回到成都数日后才现身皇宫的。

而且，关羽殁于建安二十四年（219年）冬十二月，刘备伐吴却是在建安二十六年四月。在此一年多的时间里，刘备未提及为关羽报仇的事情，一直到称帝之后他才借关公被害之名起兵伐吴。请注意，这时的报仇已经成了政治口号，不少学者认为刘备的真实意图在复取荆襄，图谋中原。

通过以上点点滴滴，我们有理由质疑“桃园三杰”的“兄弟情”。当然历史上的刘关张三人确实情同手足，关羽、张飞追随刘备三十年，彼此之间既为兄弟又为君臣，这种患难与共的感情常人难以企及。只不过，刘备是一名出色的政治家，而关羽性格傲慢、自视甚高，却又不像张飞那样简单直接，因此二人之间互生罅隙是极有可能的。

按照小说所讲，刘备自立为汉中王是在建安二十四年七月，随后关羽便北击曹魏。不过，关羽的北伐并没有得到两川方面的实际援助，从盛夏到严冬都是荆州兵孤军奋战。荆襄原本就属于四面受敌的战略要冲，关羽孤军深入却没有得到后方支援，这一方面暗示了刘备对关羽的“不珍惜”，另一方面也牵出了刘备的“借刀杀人”假说。

要说“借刀杀人”，首先需要点出图谋者与目标人士之间的矛盾。夺取两川之后，刘备和旧臣们的关系发生了一丝微妙变化，过去他打的旗号是“匡扶汉室”，但现在自立为王就有了僭越之嫌。荀彧力阻曹操进爵魏王的前车之鉴就在眼前，一直以“汉寿亭侯”自居的关羽将来会不会落得同样下场也未可知。而且，分封群臣时刘备也有一丝“后来者居上”的意思。中途来投的许靖做了太傅，魏延任汉中太守，法正官拜尚书令，马超、黄忠亦位列五虎。很早就追随刘备的简雍、孙乾等人，作者均一字不提。

封赏益州、荆襄将官可以达到维稳的目的，但这容易让功勋宿将心寒。关羽恃才傲物,《三国演义》中说他要和马超比武、耻于和黄忠并列,《三国志》则称他“刚而自矜”。从性格层面来讲，关羽也是“傲上而不欺下”，过于鲜明的性格就像是一柄双刃剑，这同样是君王非常忌惮的。

进爵汉中王之后，刘备的身份地位和视野已经悄然发生了改变，这一点关羽想必非常清楚。刘封被外派到荒凉贫瘠的上庸，这可以算作是刘备在为亲子继任留后手，而位高权重、坐镇荆襄的关羽必然也应当遭到削弱。只不过刘备素来以仁德号召天下，关羽又与他有手足之情，所以多重因素的作用下，他对关羽的态度也是微妙的。

人说刘备爱才，长坂坡上曾经为赵云而摔了阿斗，但等到真正白帝城托孤的时候他的真心才隐约表现了出来：他先将诸葛亮叫到身边，嘱咐诸葛亮说如果阿斗不能成事就取代他。然而说完这番话之后，他又嘱咐赵云“卿可想朕故交，早晚看觑吾子，勿负朕言”。

不得不佩服刘备的帝王之术！他对诸葛亮托孤时恩威并重，

同时意味深长地嘱托赵云照看刘禅，其爱才之心虽跃然纸上，但爱子之心恐怕才是更为真切的。

出色的政治家不能掺杂过多私愿，纵横天下的霸主也不应受到情感的羁绊。刘备是弘毅宽厚、志向高远的蜀汉国主，他对关羽、张飞的情感必然是真实可见的，不过这些真情实感之间也存在一些难以消弭的“杂质”。在个人权威面前，关羽有一点狂傲不羁；在刘氏的千秋大业面前，关羽又有一点难以辖制。“桃园三杰”之间微妙而又暧昧的利益关系让他们的千古之情蒙上了一层薄纱，这恐怕就是一段荡气回肠的兄弟情最终以悲剧收尾的理由吧！

宋江凭什么声震江湖

《水浒传》中有很多人对宋江纳头便拜的描写，如清风山的燕顺、王英、郑天寿，浔阳江头的张横、李立、穆弘、穆春，江州城牢里的戴宗、李逵……无论占山为王的强盗还是供职官府的公人，大家只要一听“宋江”二字马上就“推金山、倒玉柱，纳头便拜”。从职位上看，宋江不过是小小县城的一名押司；从身手上看，《水浒传》中几乎没有宋江舞枪弄棒的描写；从经济实力上来看，宋江并非富甲一方；从相貌上看，宋江黑矮肥胖、其貌不扬。既然文不能安邦、武不能定国，出身与相貌都不算太好，宋江又是如何声震江湖的呢？

《水浒传》第三十八回写到李逵与宋江之间的“初相遇”，宋江在这期间表现出的权术智慧堪称妙绝。书中写道，宋江、戴宗、李逵三人上了酒楼，宋江坐的却是主人位。上酒时，作者特意点明了这是有名的“玉壶春”。

李逵便道：“酒把大碗来筛，不奈烦小盏价吃。”戴宗喝道：“兄弟好村，你不要做声，只顾吃酒便了。”宋江分付酒保道：“我两个面前放两只盏子，这位大哥面前放个大碗。”酒保应了下去，取只碗来，放在李逵面前，一面筛酒，一面铺下肴馔。李逵笑道："真个好个宋哥哥，人说不差了，便知我兄弟的性格。结拜得这位哥哥，也不枉了。"

依常理而言，戴宗批判李逵是正确的，因为宋江三人上的是一家"好酒店"——不仅有美酒佳肴，还不卖牛肉。大宋律法禁止杀牛，而《水浒传》中很多卖牛肉的其实来自偏僻小店，真正上档次的酒家是"不碰红线"的。在这样一座装修豪华、地理位置极佳的酒楼中，李逵如此不讲究也确实让同伴难堪。

不过戴宗字里行间充满了对李逵的嫌弃与无奈，这正好把宋江的宽和仁义衬托了出来。一张一弛之间，李逵对宋江的好感也就油然而生了。

宠之以位，位极则残；顺之以恩，恩竭则慢。如果一味地迎合李逵，将来再和这位大汉打交道宋江就有苦头吃了。所以几杯酒下肚之后，宋江又适当地"摆起了谱"——要吃辣鱼汤醒酒。饮食上讲究了，人与人之间的品位格调也高下立见，在和戴宗说笑时，宋江还要品鉴一下酒家的器具，议论一下鱼汤的"不中吃"，遍尝百味的富贵气息跃然纸上。

鱼肉不中吃又牵出了另外一件事情，那就是李逵与张顺之间的冲突。不会游泳的李逵在水中遭到张顺的痛殴，身在公门的戴宗却无可奈何。更加尴尬的是，张顺原来识得戴宗，但他丝毫没有给戴宗一分薄面，最后宋江出面才化解了纠纷。

第一次相见便赠送银子，酒楼之中百般款待却又不失威仪，借着张顺的东风还成功“秀了一手好人脉”，人们说高手博弈都是摘花飞叶、不拘常理，宋江这一次降服李逵也是因势利导、兵无常势。戴宗对李逵吝啬刻薄，宋江就宽和慷慨；李逵粗鲁强横，宋江就抬一抬身价；戴宗拿不下张顺，宋江几句话即刻摆平。一切的一切都让李逵心悦诚服，转投宋江也就顺理成章了。

在江州地面上，宋江还做了一件值得论说的事，那就是杀黄文炳。对于黄文炳的死，作者也给出了血腥残暴的描述，原文如下：

宋江便问道：“那个兄弟替我下手？”只见黑旋风李逵跳起身来说道：“我与哥哥动手割这厮。我看他肥胖了，倒好烧吃。”晁盖道：“说得是，教取把尖刀来，就讨盆炭火来，细细地割这厮烧来下酒，与我贤弟消这怨气。”

李逵拿起尖刀，看着黄文炳笑道：“你这厮在蔡九知府后堂且会说黄道黑，拨置害人，无中生有攛掇他。今日你要快死，老爷却要你慢死。”便把尖刀先从腿上割起，拣好的，就当面炭火上炙来下酒。割一块，炙一块，无片时，割了黄文炳，李逵方才把刀割开胸膛，取出心肝，把来与众头领做醒酒汤。众多好汉看割了黄文炳，都来草堂上与宋江贺喜。

李逵不是专业刽子手，但他使用了赫赫有名的酷刑“凌迟”。在这惨绝人寰的杀人现场，宋江不光欢宴庆祝，还喝了李逵特制的醒酒汤，这着实有一点反常。

再往前看，在众好汉劫法场之后，宋江没有依照晁盖的意见离开江州，反而再三恳求大家“杀黄文炳”，这同样是一反常态的。复仇现场凄惨无比，黄文炳一家四五十口人无一生还，家中财产也被劫掠。

实际上这一次灭门惨案也是宋江的权谋之一：与杀阎婆惜后还可能得到大赦不同，这一次宋江犯的是“谋逆大罪”，除了亡命天涯之外他别无选择。但是就此到梁山落草，宋江似乎又有一点不甘。与一般的强盗相比，宋江是胸怀大志的，要实施自己的抱负，就必须壮大自己的团队，因此委身梁山之际多拉几名心腹下水才是上上之选。

我们仔细推论江州劫法场的前前后后，真正犯下大罪的是李逵、晁盖等人，而李俊、穆弘、张顺等人最初只不过是来“接应”。李俊有自己的买卖，穆弘家大业大，张顺也是浔阳江头的“渔霸”，所谓“宁为鸡口，毋为牛后”，这三伙人对落草之事并不感兴趣，文中也没有提半句他们主动请求上山。所以，杀黄文炳一家既是为宋江报私仇，其实也让江州豪杰纳了投名状。大闹江州之后，李俊、张顺各自舍了家业，穆弘也放火烧庄、同上梁山。

自古“大奸似忠，大伪似真”，真正胸有韬略、腹有机谋的人是低调而和善的。表面看来宋江只是一位广施药饵、救苦济贫的敦厚长者，但是在这宽和仁义的背后，潜藏着一颗权谋之心。相比之下，柴进也在日复一日地做着接济他人的事情，但他没有宋江一样的心机，他养武松一年甚至不如宋江款待武松十日。

貌不惊人、才不出众，宋江却能闻名山东、河北。乍一看这似乎于理不通，但若细品，宋江的权谋和御下之术还是炉火纯青的。相见一日就从戴宗身边“挖”走了李逵，只言片语就能让一方强人同上梁山，这样的本事吴用没有，柴进没有，晁盖更没有。八百里水泊梁山，晁盖经营两年多时间，头领只增加了一个难堪重任的白日鼠，而宋江即便是亡命天涯也能将花荣、秦明等猛将送上梁山。世界上最贵的是人心，最难收服的也是人心，江湖大哥的名声不是靠你言我语吹捧出来的，而要一点一滴经过实战积累而来。与快意人生的江湖草莽相比，宋江多了几分心机，他懂得经营自己的美名，同时拥有驾驭他人的才华。他宽和但不容侵犯，仁义又夹带阴毒；他慷慨解囊、声名远播。他就是宋江，一个声震江湖的奇男子。

《西游记》师徒四人中谁城府最深

为人处世是一门大学问，有人立功无数却谤议缠身，有人无功无为却名满天下。《西游记》中有这样一个人，他屡战屡败却不受苛责，功劳轻微却修得正果，他就是沙僧，小说中只牵马不挑担、只陪坐不化缘的沉默者。

《西游记》第二十七回写道，当孙悟空第三次棒打白骨精之后，唐僧终于对他下了逐客令。和前两次一样，猪八戒依然冷言冷语，而沙僧则没有出来劝解。除了“三打白骨精”之外,《西游记》中还有一处沙僧“不作为”的描写。当时孙悟空打死了几名强盗，唐僧盛怒之下将其赶走。

取经队伍产生内部分歧的时候，孙悟空是被考验者，唐僧是决策人，猪八戒扮演推波手，而沙僧则是沉默不语的中立分子。这种不偏不倚的态度当然也为他赢得了不少“印象分”，孙悟空在被驱逐之后就称沙僧“是个好人”。

对待事物没有看法，发生问题不表达意见，这类人或许是碌碌无为的平庸之辈，或许是城府极深的处世老手。通览全书，我们发现沙僧也是有才华的，只是他不愿意刻意表现自己而已。

在小说第五十七回中，沙僧对假悟空的一番言语逻辑缜密，条理清晰，完全打破了他给人们留下的“不善言辞”的印象。原文写道：

沙僧见他变了脸，不肯相认，只得朝上行礼道：“上告师兄，前者实是师父性暴，错怪了师兄，把师兄咒了几遍，逐赶回家。一则弟等未曾劝解，二来又为师父饥渴去寻水化斋。不意师兄好意复来，又怪师父执法不留，遂把师父打倒，昏晕在地，将行李抢去。后救转师父，特来拜兄，若不恨师父，还念昔日解脱之恩，同小弟将行李回见师父，共上西天，了此正果。倘怨恨之深，不肯同去，千万把包袱赐弟，兄在深山，乐桑榆晚景，亦诚两全其美也。”

沙僧是个聪明人，他知道要请大师兄回来，就必须理顺对方胸中的怨气，因而开口就将师父一方的过错点了出来，甚至对于唐僧挨打一事，他也避重就轻，强调是因为对方“执法不留”所以才被打晕过去。轻描淡写之间，师徒的纠纷似乎成了唐僧一人的过错，与孙悟空毫无瓜葛。

在“理清”事情的来龙去脉之后，沙僧才讲出了来花果山的真实目的：讨回取经所用的行李包裹。而且，在交还包裹一事上，沙僧给出了两个选择：假如孙悟空愿意归队，就带着行李一起走；如果不愿意回去，就留在花果山享受生活，把“没用”的取经包裹还回来。

若是真的美猴王，沙僧这一番推心置腹的开导想必能使他回心转意，遗憾的是当时水帘洞中坐的是六耳猕猴。这妖怪回答："我这里也有唐僧，也要用行李中的文书去西天取经。"虽然谈判没有成功，但沙僧的口才和思维是严谨而流畅的。

可以看到，沙僧并不是一位只会牵马化缘的"酱油角色"，他的才学和外交能力其实非常突出。再看看他在天庭时担任的职务——卷帘大将，我们就知道此人其实深谙为人处世之道。

关于"卷帘大将"，历史上有两种不同的解释。《资治通鉴·唐纪三十一》记载："上尝宴勤政楼，百官列坐楼下，独为禄山于御座东间设金鸡障，置榻使坐其前，仍命卷帘以示荣宠。"这里的"上"指唐玄宗，"禄山"就是安禄山。这就是说，唐代的"卷帘"是一种荣誉，皇帝为了恩赏有功者，会在御宴上为他设专座，然后将座位四周的帷幕拉开以示恩宠。

明代的"卷帘大将"又发生了一点细微的变化，它只有在极为隆重的场合才会出现。《明史·礼七》记载，天子登基时"卷帘将军二人帘前，俱东西向……皇帝衮冕升御座，大乐鼓吹振作。乐止，将军卷帘，尚宝卿置宝于案"。

此处的"卷帘大将"成了一种虚职，它的职责就是在天子登基时护卫左右，并且遵照礼法把御座前面的珠帘升起来。《明史·职官志》中没有"卷帘大将"的记载，所以它可能只是一个临时职务，一般由受宠武官或功臣宿将担任。

虽然只是一个虚衔，但卷帘大将的身份和地位不容置疑。天上人间的君王不会让才学平庸、关系一般的人充任此衔，只有那些有功之人或者是备受宠爱的将军才会得到委任。如此一来，沙僧在天庭其实也可以算作玉帝的近臣，而根据他对猪八戒说的一番话来看，他这个“卷帘大将”还应当是个固定职位，类似于仪仗队队长或御林军指挥使之类。《西游记》第二十二回中说，沙僧自称“也曾护驾宴蟠桃，也曾随朝居上界。值殿曾经众圣参，卷帘曾见诸仙拜”，这里的护驾、随朝、值殿等等都是皇家卫队的差事。

以上经历对沙僧后来的处世原则也带来了极大的影响。所谓伴君如伴虎，天上人间都是如此。失手打碎琉璃盏，这不过是一件小到不能再小的过错，但沙僧遭到了打落人间、每七日受一次万剑穿胸之苦。领导者的喜怒无常与权力的恐怖给他留下了深刻印象，因此“该说的说，不该说的不说，不知道如何说的时候不说”就成了沙僧的座右铭。

棒打白骨精时，唐僧怒气难休，孙悟空有口难言，猪八戒在一边煽风点火，此时的沙僧却洞若观火一言不发。领导者的意愿是不能违逆的，因为帮大师兄说话很可能引火烧身。孙悟空是大闹天宫的齐天大圣，这点“小风小浪”对他而言不值一提，因此顺着师父的意愿斥责大师兄也没有好处。更为重要的是，其他人众口一词抨击孙悟空，而噤口不言就成了一种绝妙的态度。事件最后，唐僧、猪八戒认为沙僧是默认悟空的“罪行”，孙悟空认为沙僧没有落井下石因此是“站在自己的一边的好人”。一次闭嘴，成就了“两个”老实人，沙僧将古人的中庸之道拿捏得炉火纯青。

不过，少说话、多办事也是要掌握火候的。“老黄牛”的形象一旦树立起来，沙僧也不会有好日子过。所以哪些时候要保持张力，什么情况下要保持沉默，沙僧处理得也非常恰当。

在取经队伍中，唐僧是不容置疑的绝对核心，大师兄是天兵神将都望风披靡的齐天大圣，这两位得罪哪一个都不行，所以猪八戒就成了沙僧控制自我定位的唯一跳板。和唐僧相比，猪八戒少了几分威严；和大师兄相比，猪八戒又多了几分憨直。更为重要的是，猪八戒虽然名义上是二师兄，但唐僧和孙悟空从来没有高看他一眼，这正给了沙僧抬高地位的机会。

辅佐唐僧完成取经重任、完成自我救赎是沙僧最迫切的愿望，这不同于孙悟空的求名，亦不同于猪八戒的逐利。不过，与养尊处优的白龙马不同，作为在玉帝面前听差的人，沙僧的见识中多了几分自我保护。大师兄被赶走后，化缘的差事也被猪八戒包揽，而沙僧陪师父一起“等吃”。在等吃等喝的过程中，沙僧还不忘搬弄几句是非。《西游记》第二十八回写道，猪八戒外出化斋许久不归，沙僧马上揭开了对方的老底。原文写道：

沙僧道：“师父，你还不晓得哩，他见这西方上人家斋僧的多，他肚子又大，他管你？只等他吃饱了才来哩。”三藏道：“正是呀，倘或他在那里贪着吃斋，我们那里会他？天色晚了，此间不是个住处，须要寻个下处方好哩。”沙僧道：“不打紧，师父，你且坐在这里，等我去寻他来。”三藏道：“正是，正是。有斋没斋罢了，只是寻下处要紧。”沙僧绰了宝杖，径出松林来找八戒。

寥寥数语，将二师兄的贪婪和自私述说得淋漓尽致。沙僧一番小报告，唐僧也被说动了，这当然要归功于他平日里老实敦厚、寡言少语的个人形象。相同的话让孙悟空来讲，恐怕又免不了“栽赃陷害”之嫌。

实际上沙僧对猪八戒的猜测是错误的，这恰好也证明了他“诬告别人”的事实。不过在寻找猪八戒的过程中，沙僧又做了一件打压猪八戒的事，那就是揪对方耳朵。原文如下：

他（沙僧）却站在高埠上正然观看，只听得草中有人言语，急使杖拨开深草看时，原来是呆子在里面说梦话哩。被沙僧揪着耳朵，方叫醒了，道：“好呆子啊！师父教你化斋，许你在此睡觉的？”那呆子冒冒失失的醒来道：“兄弟，有甚时候了？”沙僧道：“快起来！师父说有斋没斋也罢，教你我那里寻下住处去哩。”呆子懵懵懂懂的，托着钵盂，拑着钉耙，与沙僧径直回来。到林中看时，不见了师父！沙僧埋怨道：“都是你这呆子化斋不来，必有妖精拿师父也。”八戒笑道：“兄弟，莫要胡说。那林子里是个清雅的去处，决然没有妖精。想是老和尚坐不住，往那里观风去了。我们寻他去来。”

手里揪着猪八戒的耳朵，口里还要称着“呆子”，这完全是大师兄的做派。而猪八戒也是懦弱，他认清来人之后居然叫了一声“兄弟”。既无师兄之心，也无师兄之形，认清这一切之后，沙僧又扮演了领导者的角色，要猪八戒“快起来”，并且“寻下住处”。

悟空不记恨沙僧，因为关键时刻沙僧没有对他落井下石；唐僧不抱怨沙僧，因为这个徒弟老实听话；猪八戒不排挤沙僧，因为沙师弟本事平平，遇事从不出头抢功……沙僧是一个老实人，但在老实听话的背后可能也暗藏了一颗权谋之心。

什么人立下大功却吃不到肉

《水浒传》中的座次排名是极具内涵的。一部石碣天书，既是作者刻意安排的天星顺位，同时暴露了梁山管理者的政治野心。其中关于马、步、水三军头领座次分配就是一个非常值得论述的话题。

书中记载，马军五虎将有四人分列第5、第6、第7、第8位，双枪将董平排名第14位；步军头领没有“五虎”尊号，鲁智深和武松分别担任山寨的第12、第13位大王。刘唐是梁山的功勋，但此时已经落到了第21位，其余如石秀等人都叨陪天罡末段。比步兵更惨的是水军，混江龙李俊是水军头领中排名最靠前者，而他的座次也不过第26位，其余“阮氏三雄”、张氏兄弟也没有拿到好名次。总体而论，在梁山的职位体系中，马军将校占据了绝对主动权，其次是步兵，水军最末。

所谓术业有专攻，马军五虎在平原野战时确实势不可当，但李俊等人的水战实力也不遑多让。事实证明在几次朝廷围剿中都是水军立了大功，关胜、林冲等人都没有主导战局的事例。

另外一点值得说明的是，所谓的“八百里水泊”是一个泛指概念，意即山水面积整合在一起是方圆八百里，而马军作战对地形要求较高，在这样一个逼仄的空间里疯狂抬高骑将地位确实令人生疑。要解开以上疑问，我们就需要从作者和主角两方面入手讨论。

首先从文章主角的视野来分析，我们认为宋江压低水军、抬高马军是存在政治远见的。单纯就梁山水泊而论，李俊等人统领的水军将士确实能够克敌制胜。小说写道，高俅二伐梁山败绩之后，泗州人叶春向他进献了造船之法。其中大海鳅船“两边置二十四部水车，船中可容数百人，每车用十二个人踏动。外用竹笆遮护，可避箭矢。船面上竖立弩楼，另造划车摆布放于上。如要进发，垛楼上一声梆子响，二十四部水车，一齐用力踏动，其船如飞”。

很显然，大海鳅船是用水车轮驱动的，两百多名船工踩踏转轮，其航速绝非一般的帆船或手摇橹可比。而且，大海鳅船上布置了装甲，一般的弓箭难以对它造成伤害。读《三国演义》我们知道，水战以弓箭为先，因此“可避箭矢”的海鳅船在这一点已经立于不败之地。

高俅的战略意图是很明显的，梁山军之所以数次击败官兵，关键倚仗的还是这道水泊。如果能够将兵马运到梁山脚下，那么平定宋江就如同探囊取物。除了大型运兵船之外，官兵还制造了前后都装有长钉的小海鳅船。小船装甲坚固、运驶灵活，可以配合大船完成探路、登岸的目的。

从朝廷的战略准备中我们可以看到，水上战斗的主要意义在防御，而最惨烈的搏杀应当在运兵船登岸之后。这就意味着开阔地的野战才是最关键的一环，一旦官兵完成了抢渡或者强行登岸，那么决定生死的还是陆战。更为重要的是，宋江并不甘心只做一名坐守水泊的强盗，他胸怀大志，一心想要建功立业，那么建立梁山基业后，李俊等人还有多少威力也是不言而喻的。

所以从宋江的角度来看，水军虽然让他能够对抗朝廷，但真正的生死战还要靠横矛立马的骑将来完成。假如真的有一天自己率领梁山军“造反”，那么能够帮他左右局势的还是关胜、林冲等人。正因如此，水军部队即便是立下了汗马功劳也得不到优越的待遇，马军将领们只要能打一些挫动敌方士气的胜仗就可以位居高职。

除了主角视野之外，我们还应当从作者身上寻找水军将领遭到打压的原因。历朝历代，国家对水军的重视程度都不高，街谈巷议的评话、文人墨客的评议之中都罕有对水战或水军将领的描述。

唐开元年间，唐玄宗诏令设武庙十哲，吕尚、田穰苴、孙武、吴起、乐毅、白起、张良、韩信、诸葛亮、李靖、李勣等十一人得到供奉，没有一人是水军将领；安史之乱平定后，唐德宗又追封古代六十四位名将，其中只有周瑜、陆逊、吕蒙等少数几人指挥过水上战斗，大刀阔马的陆军将领还是占据了绝对主导权；宋代时又增加了八人，但有过水战经验的依然凤毛麟角。

从一定程度来讲，官方的宣扬和倡导对社会认知的影响力是深远的，因此民间对水军将领、水战作用的评价也逐渐降低。《续资治通鉴长编》记载："（庆历二年）置登州澄海水军弩手两指挥，每月给料钱五百文，立威远之下，克戎之上。"

庆历二年（1042年）是宋仁宗执政时期，此时东北的局势较为平稳，而国家在登州（今山东半岛地区）设置"水军弩手两指挥"也没有多少实战意义。《宋史》记载："飞骑、威远、蕃落、怀恩、勇捷、上威武、下威武、忠节、靖安、川忠节、归远、壮勇、宣效五尺三寸五分。"这就是说威远、克戎等称谓都是部队番号，而入选威远军的最低身高要求是五尺三寸五分，约合今天的165厘米。威远在北宋军队中属于中等偏下的作战部队，而比威远还低一档的水军地位也就更备受轻视了。

明代海事较为频繁，水军部队也较为强大，但是东南御倭已经是明朝中叶之后的事情了，施耐庵卒于明洪武三年（1370年），他经见的大型水战不过是朱元璋和陈友谅之间的鄱阳湖之战。不过，文人墨客们津津乐道的依然是徐达、常遇春这样的统兵大将，而廖永忠、俞通海这样的水军将领则鲜有人提起。

所以"马军为尊"的理念在古人心中根深蒂固，大多数决定天下归属的战争也都发生在陆地之上。不幸的是，水上作战并没有得到广泛的重视，在这样一种文化氛围中，民间创作者抬高马军的地位、压低水军的地位也就顺理成章了。

马超和魏延谁更具权势

《三国演义》第八十一回《急兄仇张飞遇害　雪弟恨先主兴兵》里有这样一句耐人寻味的描写：

（刘备）遂命丞相诸葛亮保太子守两川；骠骑将军马超并弟马岱，助镇北将军魏延守汉中，以当魏兵；虎威将军赵云为后应，兼督粮草；黄权、程畿为参谋；马良、陈震掌理文书；黄忠为前部先锋……

诸葛亮和赵云是反对伐吴的，因此这两人一个留守、一个殿后没有问题；黄权、马良等人分别是益州、荆州的名士，用他们做幕僚也没有错误；问题就在于马超、魏延、黄忠三人身上。就马超而言，他为什么要协助职衔远在自己之下的魏延“守汉中”呢?

按汉代武官制度，骠骑将军是武将中仅次于大将军的武将，而镇北将军只是“四镇将军”之一，所以让职位更高的马超去辅佐魏延，这一点似乎与理不通。

对于以上疑问，我们结合演义与正史就能够找到答案。在《三国演义》中，马超是一名勇冠三军的猛将，他在渭水河畔曾杀得曹操割须断袍，战场上的辉煌也让刘备对他忌惮三分。投降蜀汉之前，马超曾经做过一方诸侯，并且有“背主”的历史。在和曹操交战的过程中，马超还害死了自家亲族数十人。这就是说，马超虽然才华卓越，但其心性躁动，一旦安抚不好就有起兵造反的可能。魏延、黄忠都是降将，和曹操之间并没有血海深仇，所以他们主动叛变的动机不足，而这也是马超最令人担忧的一面。

还有一点值得论述的是，马超曾经做过邀功谄媚之事。《三国演义》第七十九回写道：

彭羕与孟达甚厚，听知此事，急回家作书，遣心腹人驰报孟达。使者方出南门外，被马超巡视军捉获，解见马超。超审知此事，即往见彭羕。羕接入，置酒相待。酒至数巡，超以言挑之曰：“昔汉中王待公甚厚，今何渐薄也？”羕因酒醉，恨骂曰：“老革荒悖，吾必有以报之！”超又探曰：“某亦怀怨心久矣。”羕曰：“公起本部军，结连孟达为外合，某领川兵为内应，大事可图也。”超曰：“先生之言甚当。来日再议。”超辞了彭羕，即将人与书解见汉中王，细言其事。

彭羕原本是刘备的心腹智囊，但一来自认受到了冷落，二来卷入了刘封、孟达事件之中，所以他做出这样的事是情理之中的。不过我们细读以上文字，其实彭羕并没有造反之实，而且“里应外合”之计也是酒醉后的言语。然而马超却如获至宝，马上就将彭羕谋反的事情报告给了刘备。在这里，作者用一个“即”字将马超急于邀功的心情表现得淋漓尽致。

终其一生，发生在马超身上的不幸实在太多，先是生父马腾死于非命，随后是至亲十余口惨遭杀害。作为一名将领，马超是英雄无敌的，但作为一名朋友、一员属臣，他的身上似乎又存在了太多“灾妄”。这样的人只能远远地利用而不宜随身相伴，对此刘备是非常清楚的。

既然马超身上存在诸多不可控的因素，那么魏延又如何能对他形成制约呢？《三国演义》中的魏延勇冠三军，正史里的魏延也才华卓著。《三国志》记载，刘备册封魏延做汉中太守时曾问：“今委卿以重任，卿居之欲云何？”魏延回答说：“若曹操举天下而来，请为大王拒之；偏将十万之众至，请为大王吞之。”一番话给出了两个答案，见识、胆色都非常令人钦佩，着实是一位大将之材。对于魏延的才华，陈寿也称之“善养士卒”“以勇略任”。用这样一位有勇有谋、胆大心细的名将来限制马超，实在是上上之选。

不过，马超的职衔高于魏延，刘备让他来辅助后者，这一点到底能否实现呢？又或者，马超存在动用汉中兵力了结私怨的可能，魏延也是小说中有“反骨”的将领，这两位走到一起会不会干柴烈火、一点就着呢？

类似问题刘备其实已经考虑到了，益州分东西两川，西川就是成都、梓潼、江州一带，地势险要、疆域广阔；东川则特指剑阁以东的汉中地区。单论人口和疆域，东川是无力与西蜀、曹魏并争天下的。而且巴蜀栈道崎岖难行，阳平关、剑阁易守难攻，当初张飞把守的阆中就在此处，只消一队兵马填塞关隘，汉中兵要想南下是难上加难。

另外，无论是《三国演义》还是正史，马超投奔刘备之后都没有得到实际权力。《三国志》记载："章武元年（221 年），（马超）迁骠骑将军，领凉州牧，进封斄乡侯。"刘备称帝时，凉州早已归属曹魏，因此"领凉州牧"只是一个虚名。"斄"音"台"，《汉书·地理志》中称"右扶风斄，周后稷所封"，即"斄"就是汉代的右扶风，地理位置大约在今天的咸阳市武功县附近，而西、咸地区在当时也属魏国国土，因此马超的斄乡侯依然是有名无实。为了安抚马超，刘备在敕封的诏书中又将他赞扬了一番，称之"信着北土，威武并昭"，并希望他能用往日的威名震慑、招募西凉军民。

刘备的政治手段是高明的，他知道马超在西凉地区威名素著，由马超来抚谕羌、氐是一件上上之策，所以他表面上给了马超崇高的地位，其实并没有将大权交给马超。

同样，《三国演义》中马超也缺乏表现机会，除了揭发彭羕的"反情"、吓退西番兵之外就再无高光时刻，甚至连他的去世作者也草草带过，连一句遗言都没有留下。

马超的落寞衬托出了魏延的强势。《三国演义》对魏延进行了细致的刻画，其中不乏一箭射落曹操两颗门牙、向诸葛亮进献奇兵之计、诈败斩王双等令人侧目的表现。《三国志》中的魏延更加强势，他军功显赫，不但战败过曹魏名将郭淮，还历任前军师、征西大将军。最为得意的时候，蜀主封他郑南侯、命假节。

单就职位而论，马超是显赫一时的，但在无尽的繁华与荣耀背后是难以言表的无奈。他曾经是少年得志、威服羌氏的“锦马超”，同时也是引领千军万马大战曹操的“神威天将军”，但无论演义还是正史，他都没有完成自己的壮志。马超的一生不乏精彩，却充满了遗憾。唯一值得庆幸的是，与当年虎踞汉中、最后却身败名裂的魏延相比，“西凉锦马超”的美名千古传唱，这大概是唯一让马超欣慰的事情吧。

比王熙凤还聪明的“人精”是怎样炼成的

《红楼梦》里有这样一段描写：

（张道士）道：“前日在一个人家看见一位小姐，今年十五岁了，生的倒也好个模样儿。我想着哥儿也该寻亲事了，若论这个小姐模样儿，聪明智慧，根基家当，倒也配的过。但不知老太太怎么样，小道也不敢造次。等请了老太太的示下，才敢向人去说”。贾母道：“上回有和尚说了，这孩子命里不该早娶，等再大一大儿再定罢。你可如今打听着，不管他根基富贵，只要模样配的上就好，来告诉我。便是那家子穷，不过给他几两银子罢了。只是模样性格儿难得好的。”

这一段对话中，贾母的言语非常值得分析。高门子弟的婚娶是家族大事，《红楼梦》中四大家族显贵一方，靠的就是盘根错节的姻亲关系。按照张道士的言语，他只是偶然“看见”了一个女子就来撮合说亲，这一点显然是不符合家族利益的。单说这荣国府中的男男女女，他们将政治联姻彰显得淋漓尽致：先是贾家荣国公之子贾代善娶了史家之女（即贾母）；然后是贾母次子贾政迎娶王家千金（王夫人）；嫁给贾琏的王熙凤是王夫人的侄女；薛家公子迎娶的则是贾政的小姨子。四大家族互相交好，构成了当地首屈一指的“贵族群”。所以到了贾宝玉这里，仅凭张道士的个人见识就把婚事办了显然有失计较。

但是话说回来，张道士当年替贾代善出家，他的面子也是不能不给的，所以贾母就不动声色地回复了一句“这孩子命里不该早娶”。张道士是持道修行的长者，他对古代“风水命理”自然敬重三分，所以贾母的理由也是对症下药、毫无纰漏。

高手的提点与博弈是不显山不露水的，很显然贾母深谙此道，一方面她知道贾宝玉和林黛玉早已心生情愫，另一方面堂堂荣国府也不应当让一个外姓人插手内部婚事。张道士虽是一番美意，但眼下他的主张太过轻率，所以贾母借命理为由搪塞此事，既驳回了张道士的提议，又保全了对方的脸面。

除了贾母之外，刘姥姥也是《红楼梦》中的一大“人精”。第二次进荣国府的时候，刘姥姥见到了贾母，两位同龄人话语投机，因此府里上下也都对她高看一眼。不过，贾府的一番美意在刘姥姥身上成了无形的负担，因为她这次来只给人家带了一点土特产，双方的付出和地位都不平等，所以抖一抖笑料、为主人家添几分乐趣就成了当务之急。关于刘姥姥被捉弄的桥段，作者也描写得非常精彩。

凤姐一面递眼色与鸳鸯，鸳鸯便拉了刘姥姥出去，悄悄的嘱咐了刘姥姥一席话，又说："这是我们家的规矩，若错了我们就笑话呢。"……丫鬟们知道他要撮弄刘姥姥，便躲开让他。鸳鸯一面侍立，一面悄向刘姥姥说道："别忘了。"刘姥姥道："姑娘放心。"那刘姥姥入了坐，拿起箸来，沉甸甸的不伏手。原是凤姐和鸳鸯商议定了，单拿一双老年四楞象牙镶金的筷子与刘姥姥。刘姥姥见了，说道："这叉爬子比俺那里铁锨还沉，那里犟的过他。"说的众人都笑起来。

只见一个媳妇端了一个盒子站在当地，一个丫鬟上来揭去盒盖，里面盛着两碗菜。李纨端了一碗放在贾母桌上。凤姐儿偏拣了一碗鸽子蛋放在刘姥姥桌上。贾母这边说声"请"，刘姥姥便站起身来，高声说道："老刘，老刘，食量大似牛，吃一个老母猪不抬头。"言毕，自己却鼓着腮不语。众人先是发怔，后来一听，上上下下都哈哈的大笑起来……

那刘姥姥正夸鸡蛋小巧，要入肏攮一个，凤姐儿笑道："一两银子一个呢，你快尝尝罢，那冷了就不好吃了。"刘姥姥便伸箸子要夹，那里夹的起来，满碗里闹了一阵好的，好容易撮起一个来，才伸着脖子要吃，偏又滑下来滚在地下，忙放下箸子要亲自去捡，早有地下的人捡了出去了。刘姥姥叹道："一两银子，也没听见响声儿就没了。"众人已没心吃饭，都看着他笑……

从鸳鸯教唆到刘姥姥现场演绎，再到在场所有人都笑得合不拢嘴，欢笑不断。不过以上种种，都是刘姥姥配合大家完成的一出戏：年轻丫头们捉弄人是为了取乐，王熙凤调笑刘姥姥是为了哄贾母开心，刘姥姥故意显笨拙则是为了向贾府示好。在此期间，刘姥姥一共说了6句话，但是除了那句“老刘，老刘，食量大似牛”之外全都是她自己的临场发挥。但无论是将象牙筷子和自家铁锨相比，还是装傻可惜那一两银子一个的鸽子蛋，她都表现得惟妙惟肖。

除了话语之外，刘姥姥的肢体语言也令人忍俊不禁。“鼓着腮不语”是鸳鸯教唆，“肏攮”则是她的个人发挥。《说文解字》中将“攮”解释为“推”，而明清小说中则将其延伸为“刺”或“插”，这里的“肏攮”是粗鄙的俗语，指吃喝。好不容易“撮起一个”后，她又“伸着脖子”去吃、“亲自去捡”。简简单单一个吃蛋，刘姥姥从工具到肢体，从桌上到桌下，将装痴卖呆做到了极致。

刘姥姥如此“作假”其实也有她的苦衷。第一次进荣国府的时候，王熙凤虽然送了她二十两银子，话也说得滴水不漏，但明眼人都能看出其中的冷暖。如果不是这一次和贾母话语投机，她来荣国府依然见不着王夫人，还会吃冷冷清清的“客饭”，被人赶在天黑之前“送客”。

朱门大户有朱门大户的活法，穷亲戚有穷亲戚的苦衷与尊严。刘姥姥调侃自己，一方面是出于生活的尴尬与无奈，另一方面也是想给予力所能及的一点补报。她为贾府上下唱了一出“喜剧”，精明的王熙凤、阅人无数的贾母其实都心如明镜，但大家都心照不宣，同时没有玩闹过火。就这“一出戏”而言，贾母和刘姥姥一位是看客一位是演员，她们都有打断“演出”的权力，但不同的人生经历和相异的社会地位让她们保持了沉默。

不去揭穿别人、能够在别人面前把戏演好，这样的人我们将其称为“人精”是合理的。与贾母相似，刘姥姥也是一名优秀的“演员”，只不过前者擅长“正剧”，后者精通“喜剧”罢了。相对而言，王熙凤的心机就稍显稚拙，她虽然聪慧过人，但毕竟在很多事情上都给人留下了话柄。小说第五十五回中，下人们将她比作“巡海夜叉”；到了第六十五回，小厮兴儿又在尤二姐的面前称王熙凤是“除了老太太，太太两个人，没有不恨他的”；甚至在处理尤二姐事件上，王熙凤也多露马脚，不但逼死人，还背上了“杀人未遂”的罪名。

贾母在荣国府生活了五十年，王熙凤所经历的事情她哪一样没有经见过？深宅大院里钩心斗角的事情层出不穷，但她总是能够远离争议，成为德高望重的“老祖宗”。她不会端起大家长的架子，但贾府上下对她恭恭敬敬；她不去打压别人，但荣国府里没有敢藐视她的权威。王熙凤和人斗了一辈子，最终“政敌”越来越多，这反倒衬托出了贾母高超的驾驭能力。与之类似，刘姥姥也是一位历经沧桑的人，她懂得什么时候藏巧，什么时候露拙。当女儿在家中遭到嫌弃和压制时，是她为家中挣来了 20 两银子；当面对豪门亲眷时，她又愚智并用，得到了较为圆满的结局。

贾母的权谋来自她的见识与上层阅历，刘姥姥的智慧来自生活的磨炼，这两位老妇人都在男权社会中为自己争取到了较为理想的归宿。她们张弛有度，生前被人敬重，死后被人怀念，相比之下，锋芒毕露的王熙凤就显得刚强有余而柔韧不足，心机虽深但大智欠缺了。

第十一章

社会民生：四大名著折射出的生活百态

四大名著浓缩了中国古代的民俗文化。其中，《水浒传》为我们演绎了北宋末年的世俗文化，《三国演义》的笔触里流淌出乱世民生，一部“红楼”写尽人间百味，半篇“西游”看破古代官场神话。

艺术源于生活但又高于生活，明清小说浓缩了中国古代的风土人情，每一篇文字都是我们研究历史、探查国学的精品，而四大名著更是精品之中不可替代的瑰宝，在世界文学史的星云之端熠熠生辉。

夫妻之间称哥道嫂是什么文化

《水浒传》第四十四回写道："杨雄入得门，便叫'大嫂，快来与这叔叔相见'。只见布帘里面应道：'大哥，你有甚叔叔？'"说第一句话的是杨雄，而回答的是潘巧云，他们之间以"大嫂""大哥"互称似乎于理不合。但是杨雄之例并非孤案，武大郎也把他的妻子称作"大嫂"。更为奇怪的是，作为弟弟的武松也成了武大郎口中的"二哥"。那么《水浒传》中的这些称谓反映了怎样的民生百态呢？

实际上，"哥"在古代是妻子对丈夫的爱称，很多明清小说都体现了这一点。在这里，潘巧云称杨雄为"大哥"是符合古代习俗的。同样，"大嫂"也不是对兄长之妻的称谓，《水浒传》里的"大嫂"多指妻子、娘子，这是古代对已婚妇女较为尊敬的称呼。

受儒家文化的熏陶，古人为人处世较为严肃，"君君臣臣父父子子"的思想根深蒂固。而受这类社会规则潜移默化的影响，人与人之间的礼节是较多的。《荀子·修身》强调："人无礼则不生，事无礼则不成，国无礼则不宁。”在礼学文化的影响下，过于狎昵、亲密的行为都会受到抵制，因此母子之间、夫妻之间往往都需要保持一定的礼节和距离。在这里，杨雄称潘巧云为“大嫂”、潘巧云唤杨雄为“大哥”都是夫妻相敬如宾的表现。

另外值得说明的是，古人在一些情况下将自己的父亲、兄长也称作“哥”。《旧唐书》中唐玄宗用“哥”字分别称呼自己的父亲李旦和长兄李宪；《淳化阁帖》里唐太宗则对儿子也自称过“哥哥”。所以学术界一般认为“哥”在唐代时有“父亲”或“兄长”的意思，唐以后逐渐演化，固定成了今天的定式。

既然“大哥”和“大嫂”是小说中丈夫和妻子的意思，那么武大郎称武松为“二哥”又当如何解释呢？其实这里的“哥”可以看作是对男子的一种泛称，比如当今社会里的“快递小哥”“外卖小哥”等。

除了“大哥”“大嫂”之外，“叔叔”也是《水浒传》中较为常见的称谓。古代的“叔叔”与今天普通话里的“叔叔”有区别。《白虎通义·姓名》里解释“叔者，少也”，《诗经·尔雅》里说“父之晜弟，……后生为叔父”“父之弟妻为叔母”“夫之弟为叔”，这就意味着人们将年幼的一辈称为“叔”，具体而言就是父亲的弟弟称“叔父”、叔父的妻子称“叔母”、丈夫的弟弟称“叔”。所以潘巧云将石秀唤作“叔叔”，意思与我们今天的“小叔子”等同。

不过，《水浒传》中的称谓缺乏统一标准。有学者统计过，单是“妻子”的不同叫法就最少出现过十一种。林冲在对外介绍自己妻子的时候用到过“荆妇”“拙荆”等；而张青向武松介绍孙二娘时就称其为“浑家”。《太平御览》中记载，东汉人梁鸿与妻子孟光情投意合，非常恩爱。孟光不爱华美的衣服和首饰，每日只穿粗布织成的衣服，用荆木枝做自己的发钗，后世人为了表示自谦，就将妻子称为“拙荆”。不过，梁鸿和孟光隐居山野，寻求高雅，因此能够援引这一典故的往往是有文化的人。相对而言，“浑家”虽然也是自谦的说法，但是“浑”的意思很宽泛，表示“不懂事”“不知深浅进退”的意思。其实这也是作者的妙笔：林冲不是一介武夫，活脱脱儒将一名，因此他的言行更加文雅；张青属于平头百姓，因此言语稍显粗俗。

《水浒传》中人物称谓五花八门，这也与人们传颂相关。早在《水浒传》成书之前，“杨志卖刀”“智取生辰纲”等经典桥段已经广为人知。街头巷尾的说书人、流连高阁楼台的文人雅士都对水浒人物进行过传唱、修饰。从这一角度而言，《水浒传》中称谓不统一、地域特征较为浓厚等都是可以理解的。

人物称谓在古代经过了漫长的演变，而且同一个对象，不同地域、不同阶层的人对其称谓各有不同。《水浒传》里看上去稀奇古怪、五花八门的称谓关系，其实正体现了数百年民间文化的不断传承、演绎。一句“叔叔万福”成为唐宋百姓居家生活的写照，而夫妻之间称哥道嫂则为我们描述了不一样的社会风俗，这些与当今社会相比特征迥异的文化现象，需要读者去细心发现、认真品味。

水深火热的汉末乱世

《三国演义》中对百姓生活的描述较少，但是通过对比、考量，我们依然可以很明显地感受东汉末年百姓的生活百味。与《红楼梦》中的细致刻画不同，《三国演义》里的百姓生活多以“广角视野”出现，而在这一陌陌青田绿野之中，农耕文明的炊烟愈加清晰壮丽了。

《三国演义》第四回《废汉帝陈留践位　谋董贼孟德献刀》中写道，董卓擅行废立，胁迫汉少帝退位，改立年仅9岁的陈留王刘协，自己做了相国。刘协年幼，因此朝廷大权全部落到了董卓手中。董卓凶狠残暴，而且贪图富贵安乐，“(董卓)尝引军出城，行到阳城地方，时当二月，村民社赛，男女皆集。卓命军士围住，尽皆杀之，掠妇女财物，装载车上，悬头千余颗于车下，连轸还都，扬言杀贼大胜而回；于城门外焚烧人头，以妇女财物分散众军”。

百姓云集在一起做“社赛”，这原本是一个热闹、欢快的场面，但是董卓的出现让集会变成了灾难。在他的指挥下，男女老少被屠杀，年轻貌美的女子则被劫掠回宫。最为凄惨的是，惨遭毒手的百姓还要被安上一个“乱贼”的罪名。

既然是在社赛上遭到董卓的突袭，那么我们应当研究一下到底什么是社赛。其实社赛很多时候也被称作“赛社”，是指百姓集结起来祭祀土地神灵。“社”字左祝右土，意思就是土地神；“赛”作酬报神恩讲，同样有“赌赛”的意思。

早在商周时期，社赛就已经出现了。《礼记·郊特性》里提到过“蜡之祭”，这里的“蜡祭”就是社赛的雏形。到了冬天，人们会以围猎的方式捕获野兽，用猎物祭祀神明。这一习俗流传到后世之后，百姓就会在阴历二月的时候拿上家中珍藏的食物，联结成群，到指定的场所去祭拜土地神。值得强调的是，民间社赛对于古代百姓来讲其实也扮演了盛大的春游集会角色，不仅一家之主会莅临现场，很多年轻漂亮的姑娘也会与父母同行。

我们查证其他史料也会发现，阴历二月祭祀土地是民间的一件大事，参与者无论家境、地位，会集结一处，祈告来年风调雨顺、庄稼丰收。农耕时代自然因素对百姓生活的限制性较强，所以这一习俗一直延续到了近代。

不过，单纯的求神拜佛并不能保证百姓安居乐业，《三国演义》中也有很多百姓流离失所、易子而食的记载。小说第六回写道：“孙坚飞奔洛阳，遥望火焰冲天，黑烟铺地，二三百里，并无鸡犬人烟……”洛阳是东汉皇城，应当是全国最为富庶、华丽的地方。但是受乱世的影响，这里已经成了一片废墟，甚至二三百里内“无鸡犬人烟”！

如果说洛阳城遭难是拜董卓所赐，那么《三国演义》第十二回里的“人民相食”就是无可奈何的天灾了。当时曹操和吕布攻战不休，不料“蝗虫忽起，食尽禾稻。关东一境，每谷一斛，直钱五十贯，人民相食”。

秦汉时期的“关东”特指函谷关以东，因此吕布当时占领的濮阳，曹操当时占据的许昌、陈留等地都受到了蝗灾的影响。《汉书·律历志》记载：“合龠为合，十合为升，十升为斗，十斗为斛。”现代学者认为，粟米一斛的重量大约为 13.5 公斤，折算下来三贯钱也买不到一公斤粮食。百姓家中的钱粮都被强征劫掠，于是就发生了人吃人的惨剧。

除了政治因素和自然灾害之外，《三国演义》对东汉末年的医疗健康水准也进行了大致描写。关羽被毒箭射伤后，名医华佗专程前来救治，而他使用的方法就是“用尖刀割开皮肉，直至于骨，刮去骨上箭毒”。华佗用的是现代外科手术理念，这在三国时代来讲是非常先进的。不过演义中的华佗被曹操拷打致死，《青囊书》只留下了一些“阉鸡猪等小法”；正史里的华佗逝世于 208 年，他的理论精髓同样被付之一炬。所以说三国时期的医疗保健水平是不容乐观的。

天灾战争频繁，随之而来的就是瘟疫盛行。战争时节士兵、百姓死亡后得不到妥善安葬，大量的尸骨为瘟疫传播提供了有利条件。《中国通史》查证：东汉末年全国人口近 6000 万，而司马炎攻破东吴时，全国人口仅余 560 万。短短一百年时间，中华人口十不存一，单纯的厮杀绝不可能造成如此惨烈的结局，蔓延无边的传染性疾病才是最可怕的敌人。

此外，流寇、强盗也是三国时期百姓不得不面对的“灾星群体”。《三国演义》中为关羽扛大刀、活捉庞德的周仓当过劫匪，甘宁在投奔刘表之前也是流窜水路的强盗，袭击孙权、差点让周泰死于非命的山越族人从一定程度上来讲也是匪徒。

乱世是英雄豪杰扬名立万的黄金年代，但同时是平民百姓深恶痛绝的炼狱。《三国演义》既是一曲乱世英雄的颂歌，也是默默无闻者的无声悲鸣。纷繁不息的战火狼烟、凶残自私的弄权者、弥漫人间的瘟疫灾变，这些都为三国时期百姓的生活蒙上了厚重的阴影。生存空间被挤压、生活资源被掠夺，走投无路的人不得不委身草莽，成为亡命天涯的绿林强盗。千百年后，当人们对刘备的仁义赞誉有加、对诸葛亮的妙计拍手称快时，又有多少人会想到千千万万在乱世之中欲哭无泪的百姓呢？

《红楼梦》反映怎样的社会现实

名门望族过的是什么样的生活？市井小民的人生又是怎样的光景？《红楼梦》里既有风花雪月的纨绔子弟，也有情意绵绵的痴男怨女；既有贪图享受的豪门贵妇，也有尴尬拼命的贫民老妪。高墙之内欢歌笑语，朱门之外世态炎凉。不读“红楼”不知人间冷暖，一部“红楼”尽显人间百味。权力、欲望、生存环境、人生未来，一切的一切都在那无声的笔墨里。

第四回《薄命女偏逢薄命郎　葫芦僧乱判葫芦案》为我们展现了权力的力量。书中写道，贾雨村刚在应天府任职，就受理了一起人命官司。在此案审理的过程中，有一名身份低微的差役发挥了极为重要的作用。原文如下：

这门子道：“老爷既荣任到这一省，难道就没抄一张本省‘护官符’来不成？”雨村忙问：“何为‘护官符’？我竟不知。”门子道：“这还了得！连这个不知，怎能作得长远！如今凡作地方官者，皆有一个私单，上面写的是本省最有权有势，极富极贵的大乡绅名姓，各省皆然，倘若不知，一时触犯了这样的人家，不但官爵，只怕连性命还保不成呢！所以绰号叫作‘护官符'。方才所说的这薛家，老爷如何惹他！他这件官司并无难断之处，皆因都碍着情分面上，所以如此。”一面说，一面从顺袋中取出一张抄写的“护官符”来，递与雨村。看时，上面皆是本地大族名宦之家的谚俗口碑。其口碑排写得明白，下面所注的皆是自始祖官爵并房次。

按照“护官符”中所记，被告原来是“紫薇舍人薛公”的后人，跟这样背景的家人交恶，贾雨村也需要思之再三。按照史书记载,“紫薇省”即“中书省”，因此“紫薇舍人”也就是“中书舍人”。在南北朝时期，紫薇舍人的地位是非常尊贵的，充任者不仅代天子拟写诏书，还参与国家机要。然而明清时这一职位遭到了削弱，只撰写文书，不再享有实际参政权。

可以看到，曹雪芹设定薛家为“紫薇舍人之后”也是有着深刻寓意的：全书没有提及年代背景，薛家人的势力由此也变得捉摸不定，而这种摇摆不定的态势又和贾雨村的内心形成了强烈呼应。按照国家法令，触犯王法的人应当即刻追捕，但贾雨村在这名衙役的劝告之下“胡乱判断了此案”。

古语云“天子犯法与庶民同罪”，但所谓的圣贤之道，在“可大可小”的权势之下低下了头。更加令人触目惊心的是，薛家的案件还是一件“案中案”：从衙役的口中我们得知当地人口拐卖现象非常普遍，甚至衙门里当差的公人都对此了如指掌。不过对此类丧尽天良的勾当，贾雨村没有表态，只是将全部精力都集中在了如何处理眼下这起人命官司之上。至于这位出谋划策的衙役，贾雨村也没有对他提携一二，而是找了个借口将其“远远的充发了”。

有权有势的人家，即便是犯下人命大案也能草草了事；后台不硬的苦主，即便丢了性命、被人拐卖凌辱也得不到保护。这是一段没有点明时代背景的历史，但作者将上流社会与底层人民的司法环境描写得清清楚楚。

有权势者可以凌驾于法律之上，他们的私生活也愈发奢侈糜烂。小说第六十三回中，一心求仙问道的贾敬暴死，他儿孙辈的丑态在此期间彰显无遗。在众人面前，贾珍和贾蓉还算装出了一副孝子贤孙的模样，他们“从大门外便跪爬进来，至棺前稽颡泣血，直哭到天亮喉咙都哑了方住”。不过这装出来的孝心是淡薄的，等贾蓉去见尤氏姐妹时，文章“画风”突变，令人错愕。原文如下：

贾蓉且嘻嘻的望他二姨娘笑说：“二姨娘，你又来了，我们父亲正想你呢。”尤二姐便红了脸，骂道：“蓉小子，我过两日不骂你几句，你就过不得了。越发连个体统都没了。还亏你是大家公子哥儿，每日念书学礼的，越发连那小家子瓢坎的也跟不上。”说着顺手拿起一个熨斗来，搂头就打，吓的贾蓉抱着头滚到怀里告饶。尤三姐便上来撕嘴，又说：“等姐姐来家，咱们告诉他。”贾蓉忙笑着跪在炕上求饶，他两个又笑了。贾蓉又和他二姨娘抢砂仁吃。尤二姐嚼了一嘴渣子，吐了他一脸。贾蓉用舌头都舔着吃了。众丫头看不过，都笑说：“热孝在身上，老娘才睡了觉，他两个虽小，到底是姨娘家，你太眼里没有奶奶了。回来告诉爷，你吃不了兜着走。”贾蓉撇下他姨娘，便抱着丫头们亲嘴：“我的心肝，你说的是，咱们馋他两个。”丫头们忙推他，恨的骂：“短命鬼儿，你一般有老婆丫头，只和我们闹，知道的说是顽，不知道的人，再遇见那脏心烂肺的爱多管闲事嚼舌头的人，吵嚷的那府里谁不知道，谁不背地里嚼舌说咱们这边乱帐。”贾蓉笑道：“各门另户，谁管谁的事。都够使的了。从古至今，连汉朝和唐朝，人还说脏唐臭汉，何况咱们这宗人家。谁家没风流事，别讨我说出来。连那边大老爷这么利害，琏叔还和那小姨娘不干净呢。凤姑娘那样刚强，瑞叔还想他的账，那一件瞒了我？”

祖父尸骨未寒，贾蓉就和自己两个姨娘打情骂俏，自己言行猥琐下作还不算，连自己长辈同宗的风流韵事都要抖出来晒一晒。至于几位好言相劝的丫鬟，她们其实也只能勉强劝解一二，稍有不慎反倒会把脏水引到自己身上来，富贵人家的孝悌、脸面被这位“念书学礼”的公子哥儿糟践得一文不值。

饱读诗书、衣着光鲜的高门子弟游戏人生，那么平头百姓的儿孙又如何生活呢？说到无权无势的男子，王狗儿父子勉强可算。王狗儿虽然喝醉了酒就撒泼闹事，但毕竟他承担起了给岳母养老的责任。为人处世方面，他虽然做不了什么大事，却也稍有几分心机，社会人情被他一番话说得极为透彻。家境贫寒，下一代的教育问题也会彰显出来。和贾府后人的伶俐相比，穷人家的王板儿就显得沉默、认生。在第一次随外婆拜访贾府时，他将乡野孩童的天性表现得淋漓尽致。

同样，贫富阶层之间的生活质量也是《红楼梦》中的一大特色。在那场人尽皆知的“螃蟹宴”里，刘姥姥给大家算了一笔账："五分一斤，十斤五钱；五五二两五，三五一十五，再搭上酒菜，一共倒有二十多两银子。阿弥陀佛！这一顿的钱够我们庄家人过一年了！"就荣国府而言，史湘云谈不上有权势，但她请大家吃饭的钱也能抵得上小户人家一年的开销。那么《红楼梦》里的一两银子到底价值几何呢？《明史·食货志二》有记："（洪武九年）户部定：钞一锭，折米一石；金一两，十石；银一两，二石；绢一疋，石有二斗；棉布一疋，一石；苎布一疋，七斗；棉花一斤，二斗。帝曰：'折收逋赋，盖欲苏民困也。今赋重若此，将愈困民，岂恤之之意哉。金、银每两折米加一倍。钞止二贯五百文折一石。馀从所议。'"

明太祖时期，户部最初提议一两银子折大米一石，而朱元璋认为这不利于民生，于是提高了粮食的价格，一石大米就可以换取白银二两。所以说，"螃蟹宴"花费的二十两银子，大致等于十石米，确实够得上刘姥姥一家一年的开支。

实际上"螃蟹宴"在荣国府里只能算是"毛毛雨"，《红楼梦》第五十三回里贾珍和乌进孝之间的一番对话才令人大开眼界。我们看看乌进孝给贾府奉上的地租礼单：

大鹿三十只，獐子五十只，狍子五十只，暹猪二十个，汤猪二十个，龙猪二十个，野猪二十个，家腊猪二十个，野羊二十个，青羊二十个，家汤羊二十个，家风羊二十个，鲟鳇鱼二个，各色杂鱼二百斤，活鸡、鸭、鹅各二百只，风鸡、鸭、鹅二百只，野鸡、兔子各二百对，熊掌二十对，鹿筋二十斤，海参五十斤，鹿舌五十条，牛舌五十条，蛏干二十斤，榛、松、桃、杏穰各二口袋，大对虾五十对，干虾二百斤，银霜炭上等选用一千斤、中等二千斤，柴炭三万斤，御田胭脂米二石，碧糯五十斛，白糯五十斛，粉粳五十斛，杂色粱谷各五十斛，下用常米一千石，各色干菜一车，外卖粱谷，牲口各项之银共折银二千五百两。外门下孝敬哥儿姐儿玩意：活鹿两对，活白兔四对，黑兔四对，活锦鸡两对，西洋鸭两对。

各类肉食、米粮、柴炭等等折白银两千五百两，除此之外还有兔子、鹿、锦鸡等玩物。不过这样一份厚礼，贾珍一脸嫌弃，按照他的估计，乌进孝今年该为他进献的财货不应低于五千两！

从乌进孝的口中我们可以知道，贾家下辖的村庄并不富裕，村民们辛苦劳作，即便是在旱涝灾荒之年也一样要向主户交纳供奉。荣国府内公子小姐们冷了有精美的裘皮，饿了有美味的餐饭，他们不用劳动，也无须向他人进纳地租，荣国府外的世界就显得风雨交加、凄苦窘迫了。

一部《红楼梦》写尽了富贵人家的奢华堕落，也有市井小民的不甘与无奈。聪明伶俐的女子，宁愿在深宅大院里做使唤丫头也不愿给平民百姓当老婆；饱读诗书的文人政客，宁愿背负污浊的骂名也要向高门大户“暗送秋波”。砖瓦门楣将人间分成了两个不同的世界，有钱人家穷奢极欲，平民百姓凄惨度日。同一本名著里，笔墨书写的是两种不同的人生。这种鲜明的细节刻画，恐怕只有尝遍人生百味、饱经世间沧桑的曹雪芹才能书写吧！

《西游记》谱写了怎样的古代官场神话

《西游记》描写了很多妖魔鬼怪，他们有的是偷偷下界的灵物，有的是自己得道的妖魔。同样都是为害一方的祸首，妖魔们的下场却各有不同，运气好的可以被上仙点化收容，运气不好的会被孙悟空一棒打死，而还有一些则会重返天界，继续做各路正仙的仆从。为何妖魔鬼怪的结局不同呢？

小说第三十五回《外道施威欺正性　心猿获宝伏邪魔》里有这样一段描写：唐僧师徒几经磨难终于战胜了金角、银角二怪，孙悟空也夺得紫金葫芦、幌金绳等宝物，但苦战得胜的喜悦还没散去，太上老君就出现在了他们面前。原文如下：

当时通扫净诸邪，回至洞里，与三藏报喜道："山已净，妖已无矣，请师父上马走路。"三藏喜不自胜。师徒们吃了早斋，收拾了行李马匹，奔西找路。正行处，猛见路旁闪出一个瞽者，走上前扯住三藏马，道："和尚那里去？还我宝贝来！"八戒大惊道："罢了！这是老妖来讨宝贝了！"行者仔细观看，原来是太上李老君，慌得近前施礼道："老官儿，那里去？"那老祖急升玉局宝座，九霄空里伫立，叫："孙行者，还我宝贝。"大圣起到空中道："什么宝贝？"老君道："葫芦是我盛丹的，净瓶是我盛水的，宝剑是我炼魔的，扇子是我扇火的，绳子是我一根勒袍的带。那两个怪，一个是我看金炉的童子，一个是我看银炉的童子。只因他偷了我的宝贝，走下界来，正无觅处，却是你今拿住，得了功绩。"大圣道："你这老官儿，着实无礼，纵放家属为邪，该问个钤束不严的罪名。"老君道："不干我事，不可错怪了人。此乃海上菩萨问我借了三次，送他在此托化妖魔，看你师徒可有真心往西去也。"大圣闻言，心中作念道："这菩萨也老大惫懒！当时解脱老孙，教保唐僧西去取经。我说路途艰涩难行，他曾许我到急难处亲来相救。如今反使精邪掯害，语言不的，该他一世无夫！若不是老官儿亲来，我决不与他。既是你这等说，拿去罢。"那老君收得五件宝贝，揭开葫芦与净瓶盖口，倒出两股仙气，用手一指，仍化为金、银二童子，相随左右。

我们细读太上老君的话语就会发现其中疑窦重重：既然这是菩萨有意设下的磨难，那么金角、银角二人为什么又会"偷偷下界"，还盗走紫金葫芦等法宝呢？葫芦盛丹、净瓶装水、宝剑炼魔、扇子扇火、绳子做腰带，这些东西哪一样丢失都很容易察觉，太上老君又怎会不知？而且后文中孙悟空再见菩萨时对方也从来没有提及此事，所以太上老君的说法令人难以信服。只不过，孙悟空的心理活动也是暧昧的，他更多考虑的还是自己与上界正仙的友好关系——假如真的与上界正仙交恶，将来再要从天庭搬救兵就不那么容易了。所以再三权衡之下，法宝物归原主，金角、银角二人逃过一劫。

不过，平顶山莲花洞的妖怪们也并非都能全身而退：除了金角、银角之外，洞穴中的妖怪都被杀死，原本喜气洋洋要来吃唐僧肉的九尾狐狸也被孙悟空一棒打得“脑浆迸流，鲜血直冒”。

有后台的妖怪即便危害人间也会被救走，没有后台的妖怪大都死于非命，这样的事情并非孤案。除了金角、银角之外，观音菩萨领走过金毛犼，普贤菩萨带走过白象精，青毛狮子怪是文殊菩萨的坐骑，九头狮子则是太乙救苦天尊的灵物……

我们通览《西游记》全书，竟然发现所有被打死的妖怪都属于没有保护人的一类，如虎力大仙、鹿力大仙、羊力大仙等；而与上界仙人稍有瓜葛的，无论微不足道的烧火童子还是受人驱使的行走坐骑，都能洗脱罪责、重返天界。对于这样的结局，我们需要通过对著书者所处的年代与个人经历进行分析。

首先从作者所处的年代来看，从明弘治年间到万历年间，吴承恩一共经历了六朝天子。彼时正值大明王朝中叶，人心思安，明初的朝气已逐渐消散，取而代之的是士族盘踞、高门横行。在商品经济的刺激下，社会风气逐渐向着权力与财富靠拢，才华与正义逐渐受到了漠视。在这样的社会背景下，权大于法、财富高于制度的现象是屡见不鲜的，而这也是《西游记》中多次出现有后台的妖怪被救走的根本原因。

从吴承恩的个人履历上来讲，他自己博览群书、才华横溢，但在官场之上屡屡碰壁。仕途上的落寞给吴承恩造成了不小的影响，这自然也对《西游记》的谋篇布局产生了难以估量的引导力。

《西游记》描述的不单纯是光怪陆离的神幻世界，也带有强烈的现实隐喻。与《三国演义》将政治阴谋推向前台不同，《西游记》里的古代官场哲学更加隐秘。同时，一明一暗的双主线也让无数读者掩卷深思、受益无穷。